O 6º CONTINENTE

Daniel Pennac

O 6º CONTINENTE

precedido de
ANTIGO DOENTE
DOS HOSPITAIS DE PARIS

Tradução de Carlos Nougué

Título original
LE 6ᵉ CONTINENT
précédé de
ANCIEN MALADE DES HÔPITAUX DE PARIS

Copyright © Éditions Gallimard, 2012

Direitos para a língua portuguesa reservados
com exclusividade para o Brasil à
EDITORA ROCCO LTDA.
Av. Presidente Wilson, 231 – 8º andar
20030-021 – Rio de Janeiro – RJ
Tel.: (21) 3525-2000 – Fax: (21) 3525-2001
rocco@rocco.com.br
www.rocco.com.br

Printed in Brazil/Impresso no Brasil

CIP-Brasil. Catalogação na fonte.
Sindicato Nacional dos Editores de Livros, RJ.

P461s   Pennac, Daniel, 1944-
    O 6º Continente: precedido de Antigo Doente dos
Hospitais de Paris / Daniel Pennac; tradução de Carlos
Nougué. – Rio de Janeiro: Rocco, 2014.

    Tradução de: Le 6ᵉ Continent
    ISBN 978-85-325-2904-6

    1. Ficção francesa. I. Nougué, Carlos, 1952-. II. Título.

                                        CDD–843
14-09268   CDU–821.133.1-3

A Judith e a Fabrice Parker

ANTIGO DOENTE
DOS HOSPITAIS DE PARIS

Monólogo gesticulatório

*Para Yves-Marie Kervran
e Catherine Ardouin*

Minha gratidão a Jean-Claude Cotillard, que recitou este monólogo no palco do Pôle culturel d'Alfortville.

PERSONAGENS

Gérard Galvan, antigo interno num hospital universitário de Paris, e aquele que tem a infelicidade de escutá-lo.

1

– Faz vinte anos hoje, senhor. Uma espécie de aniversário. Preciso contá-lo a alguém... Tem um minuto? Pelo que me disseram, o senhor é escritor. Isso deveria interessá-lo... Não? Sim? Afinal de contas, ninguém está nem aí; nem o senhor nem ninguém mais... Café?

– ...

– Pois bem, faz vinte anos, exatamente hoje. Eu estava de plantão na emergência do Hospital Universitário Postel-Couperin. Era um domingo, e a noite seguia o seu curso infernal: acidentes domésticos, infecções eruptivas, suicídios abortados, abortos malsucedidos, comas alcóolicos, infartos, epilepsias, embolias pulmonares, cólicas nefríticas, crianças tão quentes como uma panela de pressão, motoristas em pedaços, traficantes crivados, sem-teto à procura de abrigo, mulheres espancadas e maridos arrependidos, adolescentes sob efeito de drogas, adolescentes catatônicos... O pronto-socorro de um domingo à noite e, ainda por cima, de lua cheia. Toda essa gente recusava o alvorecer da segunda-feira por todos os meios, e eu, como sempre, injetava, obturava, puncionava, recolocava, costurava, suturava, punha sondas, fazia curativos, drenava, vedava, fazia partos e chegava até a prevenir e a diagnosticar! Em uma palavra, eu "ambulatoriava". Eu sozinho era um ambulatório. Substituía Pansard, Verdier, Samuel, Desonge: "Você será recompensado por isso, Galvan..." "Deixem pra lá, rapazes, faço-o de todo o coração." (Todos importantes, hoje.) Os mais ingênuos viam em mim um FFI idealista, por sete cédulas por mês e vinte e quatro horas por semana, em detrimento de minha saúde, de minha juventude, de minha carreira, de minha vida privada. Ah, perdoem-me, a definição: FFI, *Fazendo Função de Interno*. Minha família – todos médicos desde Molière, sendo a medicina a primeira doença hereditária – achava-me exemplar. Meu pai imaginava-me como um arcanjo dando cabo de um câncer linfático: "A hematologia, Gérard, é o seu caminho!" Eu deixava livre a imaginação de meu pai, mas caminhava por conta própria; sabia bem que nunca seria homem de uma especialidade. Minha especialidade seria a emergência: todos os males do homem, os males de todos os homens, o que é o mesmo que dizer: todas as especialidades. O campeão da clínica médica, era nisso que eu queria tornar-me. O senhor me dirá que esta era uma ambição mais que honrosa... Não? Sim? Hem?

– ...

– Bem, o senhor se engana. Na verdade, eu sonhava somente com uma coisa... Mal consigo dizer o que é, de tanto que é... inacreditável! *Eu sonhava com meu futuro cartão de visita*, senhor. Sem brincadeira. Uma verdadeira obsessão. Só pensava no dia em que poderia puxar um cartão de visita que empalideceria a todos os amantes de cartões. Era este, no fundo, o meu grande projeto! Françoise esposava minha ambição, e eu esposaria Françoise. Ela também era filha de médico. Esperavam que fabricássemos mais quatro ou cinco. Nesse ínterim, Françoise trabalhava no *design* de meu cartão. Bordava delicadas letras cursivas à moda *nouvelle revue française*: "Você precisa de um cartão bastante simples, Gérard; você vai chegar muito longe, não pode cair no ridículo!" Ela era a favor de um cartão discreto, infinitamente respeitável, vindo daqueles tempos em que o tempo não passava: "Está aqui o de que você precisa, Gérard!" É pouco dizer que eu sonhava com esse cartão. Em minha imaginação, mostrava-se como um estandarte cuja sombra eclipsava meus colegas e cobria todo o campo médico.

PROFESSOR GÉRARD GALVAN

Clínica Médica

Em suma, um jovem imbecil. Ainda não havia posto as minhas bases e já as tomava por minha estátua.

2

Bem, nesse famoso domingo de lua cheia, eu estava de plantão no Hospital Universitário Postel-Couperin para tratar de cada doente como se fosse um degrau. Um ato teatral? Meu cartão de visita estava ali para dar-me o estímulo de que precisava. Ficava ensaiando, tirando-o como quem não quer nada, sem rir! Nada nas mãos, nada nos bolsos, e aqui está! O honroso cartão entre o dedo médio e o indicador: *Professor Galvan*.

– Estique-se, senhor. Aqui estááá!

(E nada mais que *clínica médica*.)

– Não, senhorita, fez bem em trazê-lo. Isto é sério: é uma paroníquia! É o seu irmão menor? Como se chama, rapazinho?

(Letra maiúscula em *Médica*, talvez, e outra em *Clínica*. Vamos ver...)

Enquanto volto a atenção para um impetigo, Éliane aparece com o costumeiro motociclista da via expressa. O motociclista tem no bolso a orelha e na mochila o braço.

– Cirurgia, Éliane! Imediatamente!

(E nada além de um número de telefone no cartão. Nada de endereço. Somente o telefone.)

– Tome corretamente os antibióticos, senhor Machin. E principalmente não pare de tomá-los antes do fim. Éliane, quem é o próximo, minha cara?

– Uma crise de asma aqui, mas aquele senhor ali já está esperando há muito tempo. (Ou talvez o e-mail. Sim, é melhor. Somente o e-mail: galvan.medint@hosto.fr.)

Pois bem, comecei a atender no pronto-socorro às nove horas desta manhã de domingo. Fátima havia substituído Gisèle, Éliane tomou a vez de Fatima e, enquanto eu me dirigia para "aquele senhor ali", perguntava-me se um cartão Lacermois não seria mais apresentável, para a ponta do dedo, do que um Adventis 12.

Eu digo: um merdinha, aí está o que eu era.

– Que está acontecendo, senhor?

Aquele senhor não tinha ambição alguma. Eu o havia notado pelo canto do olho já fazia um bom tempo. Sem objeções, tinha deixado todos os outros pacientes tomar a sua frente. Que estava acontecendo? Não se sentia muito bem?

– Não estou me sentindo muito bem.

A tez estava pálida, e a voz era neutra, um tom cansado, o perfil baixo. Não se sentia muito bem, mas também não estava tão mal assim. Era o tipo que apavorava Éliane. Ela sabia bem que voltaríamos a vê-lo. "Por Deus, Galvan, isto aqui é um serviço de emergência, não um SOS Qualquer Coisa!" Enquanto avaliava o senhor, sussurrei: "Éliane, a sua emergência é a sua doçura: ele precisa de uma mãe."

– O senhor não se sente muito bem... Deixe-me dar uma olhada... Suba a manga da camisa, por favor.

Ele a sobe. Enquanto seu pulso se mostra tranquilo entre meus dedos, o asmático, que está no banco da frente, fica roxo.

– Com licença...

A maioria dos asmáticos tem uma mãe, e é daí que a asma vem. A asma é uma verdadeira mãe. (Aliás, com relação à ponta do dedo, ficar atento ao relevo da impressão! Bem digo *impressão*. Um cartão com relevo, não liso. Não um desses cartões com um relevo que parece querer enganar. Não. Gravura! Gravura! Quando falei disso a Françoise, ela elevou os olhos ao céu, de tão óbvio que era.)

Depois do asmático, tivemos direito a um delírio pitoresco, com uma sucessão de verdades tonitruantes, não tão estúpidas, diga-se de passagem. Seguiram-se todas as emergências prioritárias que nos pode dar uma noite de lua cheia quando imaginamos já ter tratado as emergências absolutas. Mais tarde, por volta das duas da manhã, a fonte secou. O corredor estava quase vazio. Caía bem uma pausa para o café.

Foi este o momento em que "aquele senhor ali" escolheu para desabar.

3

Ele caiu sem defesa, de cabeça. Uma pancada no azulejo. O couro cabeludo não resistiu. Ao ver a auréola imóvel que seu sangue lhe fazia, julguei-o morto. Nada nele se movia quando me aproximei. A poça de sangue não aumentava. Ele permanecia ali dentro, crispado em volta do abdome, como uma aranha de casa de veraneio.

– Merda.

Ainda hoje, é a primeira lembrança que tenho desse acontecimento: a certeza de sua morte.

– Mas que merda...

Ótimo começo para o campeão da *Clínica Médica*! Um homem que aguardava havia horas em meu corredor acabava de cair morto diante dos olhos de Éliane, da senhora Boissard, a auxiliar de enfermagem, e de uma paciente que deixaria de ser anônima quando tivesse de testemunhar contra o médico de plantão: "Tranquilamente ocupado em fazer um café, enquanto aquele senhor dizia que não se sentia muito bem – sim, sim, eu o ouvi dizer isso! – e até que ia morrer!"

Não, o coração ainda palpitava. O sangue escorria. Foi transportado até a mesa de exames sem que se conseguisse distendê-lo. O olhar perdido, o corpo contraído em uma dor que não anunciava nada de bom.

– Relaxe! – gritava Éliane suturando a ferida da testa enquanto eu tocava um cimento.

Ele não relaxava. Tinha o ventre meteorizado, prestes a explodir; bloqueio total.

– Há quanto tempo o senhor não evacua?

– Eu não estou me sentindo muito bem.

O último estágio da fermentação: um homem a ponto de explodir.

– Quando foi a última vez que soltou gases?

Bloqueio das fezes e dos gases... Aposto o que quiser que aquele bloqueio nos criava uma oclusão intestinal hiperaguda! Palpitação das narinas reduzidas a papel da Armênia.

– Éliane, chame Angelin! Diga-lhe que vou com a emergência das emergências!

Precipitamo-nos, meu paciente e eu, pelo linóleo do pânico.

Eu tinha mandado engraxar as rodas de nossas macas para que não se movimentassem como caranguejos, como carrinhos de aeroporto. Ao passar diante da senhora do corredor, gritei por cima do ombro:

– Depois, cuide desta senhora!

Veja se não morre, e principalmente não me vá pôr as tripas para fora no caminho; Angelin vai tirá-lo dessa, ele é o cara quando o assunto é vísceras. Ele tem a tendência de tomar-se por seu cartão de visita,

> PROFESSOR LOUIS-FRÉDÉRIC ANGELIN
> DFMP, AIHP, CCA
>
> CIRURGIA VISCERAL
>
> (Bem em frente ao Élysée)

mas é o rei das tripas, juro! Aguente firme, estou correndo por causa de você; conheço bem Angelin, mesmo que estivesse dormindo como uma pedra quando Éliane o chamou, pode ter certeza de que está nos esperando na porta do elevador, com o dedo apontando para a sala de cirurgia.

Exatamente. Angelin nos esperava com um rosário de perguntas, que ele desfiou enquanto corria, ao lado da maca, para a sala de cirurgia.

– Está com bloqueio?
– Parece cimento.
– Evacuação?
– Nenhuma.
– Desde quando?
– Não tenho ideia...
– Enche a cara?
– Não parece.
– Comeu?
– Sei lá.
– Vomitou?

– Não na nossa frente.
– Febre?
– Já não.

É evidentemente o momento em que nosso bloqueado escolheu para devolver pelo buraco de cima pelo menos uma semana dos mais variados menus, enquanto sua temperatura subia até ao vermelho vivo, como se ele fosse o seu próprio termômetro.

– Viu a língua dele, Galvan? Parabéns pelo diagnóstico!

Uma língua branca e espessa, rija como um dedo que acusa.

– Vá acordar Placentier; vamos operá-lo.

Tendo se antecipado à ligação de Éliane, Placentier, o anestesista, corria em minha direção enquanto eu corria na dele. Ambos corríamos para a sala de cirurgia; ele ajeitava as calças, e eu me perguntava o que Angelin havia querido dizer com relação a meu diagnóstico. Esse tipo de imprecisão era própria de Angelin quando falava por falar. "Parabéns pelo diagnóstico, Galvan!" Impossível saber se ele estava zombando ou felicitando. Perdia-se mais tempo analisando o tom de sua voz que os gráficos dos doentes.

Em todo caso, não estou nem aí, digo a mim mesmo enquanto coloco meio desajeitadamente o nosso paciente na mesa e o dispo. Desde que ele saia dessa...

– O prontuário, rápido! Vou operar! Eletrocardiograma! Grupo sanguíneo!

Angelin já estava falando por trás de uma máscara. Placentier colocava os eletrodos num tronco de frango.

– Galvan, você vai fazer o papel de enfermeiro.

O enfermeiro Galvan não havia esperado essa promoção para esticar o braço do doente, passar o algodão embebido em álcool na dobra do cotovelo e estender um lençol sobre seu corpo em fusão.

– Mexam-se, vou abri-lo imediatamente.

E, como se eu não conhecesse a música:

– Laparotomia – deixou escapar Angelin com o tom do professor em que eu sonhava tornar-me... (Ah! O anfiteatro diante de mim como dois braços abertos, e aquelas arquibancadas cheias de pequenas cabeças!) – Laparotomia *exploratória* – precisou Angelin, olhando por cima da máscara.

– Abra-o, é tudo o que lhe peço – murmurava eu enquanto amarrava um bíceps raquítico. Todas as veiazinhas de meu paciente... eram de um azul extraordinariamente pálido...

Os olhos de Placentier corriam pelos picos do eletrocardiograma.

– Bem, vai indo, o coração está funcionando. Antes até relaxado.

– Eu injeto – disse eu.

– Não se preocupe – disse Angelin ao doente –, não vamos fazê-lo dormir. Faça-me o favor de arrancar este lençol, Galvan.

Era o que eu ia fazer quando o lençol se inflou. Inicialmente sem ostentação, brisa marinha, a doçura regular dos alísios, vela cheia no coração do Pacífico; o lençol se inflava...

– O que é isso?

Como resposta, uma deflagração lançou Angelin dois passos para trás. O lençol tomou proporções de um balão, e em seguida o clarim se fez ouvir. "Isso", meu caro Angelin, é um peido! Nosso homem peidava! Eis o que se estava passando. Por Deus, finalmente ele liberava o seu gás! De uma só vez. O peido da libertação! O clarim da descarga! Um mês de furação expulso! Aberto! Salvo! O clarim cedeu lugar ao trompete da vitória, que se tornou oboé, o oboé se afinou como flauta, a flauta se agudizou como pífaro, e tantas outras circunvoluções autorizadas por seis metros e cinquenta centímetros de intestinos ligados a um cólon que se está soltando.

Talvez eu esteja exagerando, talvez o lençol não tenha voado, ponham-no na conta de meu alívio, mas como – ao menos em minha memória – o lençol caía planando, dei-me conta de que acabava de acontecer algo infinitamente mais surpreendente que a cura súbita de meu paciente, um acontecimento, ou melhor, um não acontecimento muito mais estupefaciente: *durante todo aquele tempo, eu não pensei nem uma vez sequer em meu cartão de visita!*

Ainda estava tomado daquela surpresa, curioso por saber o que diria Françoise, quando a voz de Placentier me arrancou de meu delírio.

– Caras, vocês se enganaram.
(A voz de Placentier...)
– Não é uma oclusão.
(Placentier, o anestesista...)
– É muito mais complicado.
(O que é que ele está dizendo?)
– Vejam...

4

Angelin e eu voltamos a atenção para o paciente. Placentier, com as mãos postas em forma de concha sobre a bexiga do sujeito, balançava a cabeça:

— Uma laparotomia para um globo vesical, era tudo o que eu queria; mas acho que é melhor esvaziá-lo, e rápido!

Ele não acrescentou "parabéns pelo diagnóstico"; estava tudo no tom de sua voz, também em relação a ele. E no olhar que Angelin me lançou por cima da mesa de cirurgia. O doente abriu um olho e murmurou: "Eu não estou me sentindo muito bem", antes de voltar a perder a consciência. Placentier deu um baita grito:

— Ele consegue! A bexiga está abarrotada de um hectolitro de xixi congelado, como os que caem dos aviões sobre os anões de jardim.

Para reforçar a dose, ele acrescentou:

— Nunca vi uma distensão da pélvis semelhante a esta. Está a dois dedos de explodir.

Coloquei a mão na testa do paciente. Suor frio. Estava congelado.

Angelin foi direto ao ponto.

— Saliège está aí?

Sim, Saliège, o urologista da casa, estava ali. Placentier tinha acabado de deixá-lo quando nós o arrancamos da cama.

– Vá até ele! Voando!

E novamente a correria no corredor.

– Você mandou engraxar as rodas das macas, Galvan? Pode-se errar num diagnóstico mas estar orgulhoso de que um colega perceba o detalhe das rodas bem engraxadas. A vida é cheia de prêmios de consolação. As rodas da maca não faziam o menor ruído, e as solas de nossos tênis sobrevoavam o linóleo. Corríamos até Saliège. Como se tivesse olhos atrás da cabeça, eu via a imagem de Angelin diminuir sobre o degrau da porta. Estava certificando-se de que estávamos correndo. Voltaria para o seu esconderijo somente depois que nosso trio tivesse desaparecido. É preciso dizer que um globo vesical é algo sério. Você nunca segura a vontade de fazer xixi. O astrônomo Tycho Brahé morreu disso, numa festa do imperador Rodolfo II. Consegue imaginar a cena? Rodolfo está perorando. Um desses solilóquios de monarca durante os quais todo o mundo fica atento. E, sobretudo, em honra de Brahé! Mandou encher-lhe pela última vez o copo, ou um *hanap*[1] – que fique claro que Brahé não sabia que seria o último –, e prossegue com o panegírico régio. O pobre Tycho segurou por tanto tempo, que sua bexiga estourou. Meu pai – que era urologista – gostava

---

[1] *Hanap*: taça medieval, grande e com pé. [N. do T.]

de contar essa história, principalmente nos dias de festa, ao fim das refeições, quando todo o mundo tem mais ou menos vontade de urinar; isso o divertia. Ele mensurava sua ascensão sobre a família pela tensão de nossas bexigas. Eu nunca ousei interrompê-lo. Assim vocês podem ter uma ideia do quão nervoso eu estava enquanto corríamos até Saliège! Placentier tinha razão; a bexiga de meu paciente podia romper-se de um segundo para outro. Eu corria, empurrando a maca. Meus olhos estavam fixos em seu rosto contorcido. Era uma mistura de inconsciência e de sofrimento extremo. Pálpebras plúmbeas, olheiras escuras, lábios violeta, como se a dor o torturasse até em seu coma. Como se sabe, a dor pode fazer alguém perder a consciência ou despertar. Enquanto corria, comecei a pensar nos membros da Resistência. Eles estavam muito enganados neste ponto. Os mais corajosos esperavam poder escapar da tortura pela perda da consciência... Errado. Se você não está morto, a dor o agarra onde você estiver. Senti meu coração apertar como se meu doente encarnasse o martírio da Resistência; mas o que o faz pensar nesse tipo de coisa num momento como este, Galvan? Preste atenção, nos feriados meu pai contava histórias de resistentes despertados pela dor. Talvez fosse por isso. Uma porta se abriu lá longe, na nossa frente. Era a porta de Saliège, o urologista. Angelin deve ter telefonado para ele. Bem, chegamos, chegamos, chegamos, meu rapaz, e temos sorte porque o piso está deslizante, não sei que porra fazem as faxineiras da ala de

Saliège, mas elas têm um esfregão que fica próximo; esfregam e deixam secar por conta própria: "não andar no piso molhado", conhece-se a música... Vamos, não se preocupe, talvez Saliège não tenha inclinado o seu mundo para a limpeza, mas é um gênio em sua área. Tem um cartão de visita um pouco redundante, é verdade,

---

DOUTOR PAUL SALIÈGE

PRIMEIRO DA RESIDÊNCIA DOS HOSPITAIS DE PARIS

Professor adjunto

UROLOGIA

RINS, VESÍCULA, PRÓSTATA, OUTROS

---

mas ele é verdadeiramente competente, vai pôr a sonda em você sem dor, direto pelo pinto ou perfurando logo acima do púbis, não tenha medo, não vai sentir nada, aposto tudo o que tenho no bolso, são dedos de fada numa mão de colosso... Veja, por que ele está nos fazendo aqueles sinais, esse colosso de dedos de fada? Saliège, em pé, nos fazia grandes sinais diante de sua porta com os braços amplamente abertos, gestos como de funcionário de aeroporto, o sujeito de colete florescente diante do Jumbo que entra na pista. Na verdade, um pouco mais agitado. Que quer? Que eu diminua a velocidade? É isso? Que eu pare? Tudo bem, freemos, paremos. Mas nem Placentier nem eu pudemos deter-nos... Esse barulho de cavalgada neste pântano imenso depois de certo tempo... não, as faxineiras não tinham nada que ver com isso... Era o nosso doente! Corríamos contra a corrente de uma torrente que esguichava nele... Oh! meu Deus, não!... Ele se esvaziava e nós não víamos nada! Placentier foi o primeiro a se ferrar. Ele olhou para os pés, quis parar, derrapou, soltou a maca, escorregou, estendeu os braços, um choque... Quanto a mim, continuei. Não podia diminuir a velocidade. O linóleo se havia tornado escorregadio como um fundo de musgo... Eu mantinha a maca como possível no eixo da porta que se aproximava à velocidade da luz... A bexiga dele não havia aguentado... tinha explodido enquanto eu viajava em meus delírios... e agora ele morria... seu rosto não deixava dúvida alguma quanto a isso... morria... morria, puta que o pariu! Já com a cor de argila, morto a caminho, e nós fomos completamente lerdos! Chegamos muito tarde, por culpa minha, erro de diagnóstico, um globo vesical que eu havia feito esperar por horas no corredor de emergência! Oh! perdoe-me, perdoe-me, meu pobre velhinho, eu sou verdadeiramente, verdadeiramente... no entanto, este não era o meu primeiro morto, mas eu era verdadeiramente, verdadeiramente eu era... Eu e aquela porra de cartão de visita!... Um soluço, lágrimas, quis enxugá-las, soltei a maca por um quarto de segundo... a maca escapou-me, eu também escorreguei ao tentar retomá-la, recompus-me com um impulso, meus braços se agitavam em busca de equilíbrio, despenquei de traseiro no chão, ainda escorregando, e vi com horror a maca acelerar-se em linha reta em direção a Saliège. Massacre, isso vai ser um massacre, e, quando Saliège tiver recebido o morto em sua barriga, chegarei eu logo atrás. É impressionante a quantidade de coisas que uma pessoa é capaz de dizer a si mesma em tão pouco tempo... entre as quais isto: vou abandonar a medicina! Depois da colisão, penduro o meu caduceu! Aí está! Como aqueles tiras americanos que colocam o distintivo em cima da escrivaninha do xerife.

Mas Saliège deu um estranho passo de dança, uma esquiva impensável para um troço daquele tamanho, a maca passou na frente dele, sua mão foi com tudo para trás das costas, agarrou a barra *in extremis*, e o morto se imobilizou num rodopio impecável, que Saliège acompanhou com uma meia-volta de tango. Sua perna esquerda, lançada perpendicularmente, barrou-me o caminho, o pé solidamente plantado no marco da porta, o que fez que eu me detivesse na canela dele pela glote. Parei subitamente. Atingido como por um golpe de antebraço, como numa luta livre. Minha respiração refluiu até os calcanhares, e eu vi estrelas, nocauteado.

5

– Oxigênio! Rápido!
A voz caía de muito alto para minhas orelhas. Eu ainda não podia identificá-la. Eram palavras sólidas, era possível agarrar-se a elas, iam levar-me de volta à superfície. Sucede apenas que eu não estava certo de querer voltar à superfície.
– A máscara, pelo amor de Deus!
(Vamos, tudo bem, um bocado de oxigênio para esse imbecil do Galvan. Mas vou já avisando: assim que eu voltar, vou pendurar as chuteiras.)
– Temos de chamar Verhaeren.
(Verhaeren... Ah! sim, Verhaeren, meu professor de pneumologia...)

> PROFESSOR LOUIS VERHAEREN
> *Pneumotisiologista*
> *Especialista dos hospitais de Paris*
> *Membro da Sociedade Francesa de Pneumologia*
> *Membro honorário da Sociedade Real de Pneumologia*
> *da Bélgica*
> *Doutor* honoris causa *da Universidade de Rochester*
> *etc.*

– Verhaeren? É Placentier quem fala. Você pode vir? Até Saliège. É urgente...
(É urgente, Verhaeren, venha, o seu aluno Galvan acabou de matar um doente. Está com a respiração curta e o coração na mão.)
– Um pneumotórax, acredito.
(Quê?)
Isso me despertou de uma vez. Pneumotórax! As grandes palavras, imediatamente. E o tom. Essa preocupação... Mas não, sem pneumotórax! A minha pleura está impecável, e o meu pulmão está em excelente estado! Apenas recebi uma canelada de Saliège na garganta, e é só isso. Já estou bem melhor, aliás. Não se preocupem comigo, rapazes, estou respirando. Abra os olhos, Galvan! Não se aproveite disso para fazer que sintam pena de você, seu puto, isso seria o cúmulo, que merda!
Abri os olhos.

Não falavam de mim. Apressavam-se por cima da maca.

– Veja, você está consciente de novo, Galvan?

A mãozona de Saliège me devolveu à vertical.

– Parabéns pelo diagnóstico!

Balbuciei:

– Um globo vesical?

– Absolutamente não; o seu paciente se esvaziou pelas vias naturais, como um bom bebedor de cerveja. Você errou feio achando que era por causa da bebida. Não, é outra coisa; ele estava sufocando quando interceptei a maca: insuficiência respiratória aguda. Veja!

Saliège me mostrou Placentier, que ventilava o nosso doente. Placentier me encarou com um olho policromo, semicerrado.

– Eu consegui um canto de parede caindo de cara no chão.

(Por seu jeito de manter o cilindro de oxigênio sob o cotovelo e de pressionar a máscara no rosto do paciente, Placentier me fez pensar no sulfatador de vinhas que ia tratar a uva na casa de minha avó quando eu era garoto.)

– Inicialmente, pensei que fosse uma crise de asma – explicou Saliège –, uma crise de angústia ou o pânico de estar em cima de uma maca embalada... mas não chiava e parecia vazio.

– E você concluiu que era um pneumotórax! – retumbou uma voz nova.

Era o professor Verhaeren. Era um pouquinho mais alto que a maca, mas sua voz de barítono saía de um peito largo como um estuário.

— Afaste-se por um momento.

Verhaeren subiu no terceiro degrau da escadinha metálica para colar o ouvido ao peito do doente que Placentier continuava a sulfatar.

Logo, eu não tinha matado ninguém. Estava novamente entre eles. Discretamente, reembolsei meu caduceu. Sentia-me como novo. Um jaleco imaculado e o coração exultante, saído novinho em folha do confessionário. Dei um tapinha no ombro de Saliège e, com uma risadinha, perguntei:

— Como é que você conseguiu parar a maca? E que foi aquela esquivada?

— Metade rúgbi, metade danças populares.

— Calados!

Com o ouvido colado ao tronco nu do paciente, sua mão direita exigia silêncio. Verhaeren se afundava como espeleólogo pulmonar.

— Você engraxou as rodas? — murmurou Saliège. — Felizmente a maca se manteve no eixo, caso contrário...

— Silêncio, pelo amor de Deus!

Verhaeren agitava os dedos em nossa direção, com os óculos de meia-lua pinçados entre o polegar e o indicador. Era verdadeiramente um anão em proporções de gigante. Sua orelha peluda cobria todo o peito de meu paciente, como uma dessas ventosas marinhas de digestão lenta. Ter-se-ia jurado que ela ia absorvê-lo.

Eu me perguntava frequentemente, quando adolescente, agachado entre dois rochedos contra os quais se batia o Mediterrâneo, o que podiam sentir os moluscos esvaziados de si mesmos pelas estrelas-do-mar. Passar da intimidade madreperolada de sua concha às entranhas de um molusco... Primeiramente, o terror... O tempo que o outro leva para encontrar a juntura para abri-lo... A estrela-do-mar que se insinua... O jorro anestesiante, a lenta aspiração de um eu ainda lúcido por essa boca inominável... Sentir-se deslizar para o organismo do outro... O ouvido de Verhaeren... Os pelos dessa orelha sorvendo a linfa de meu paciente...

Mas o que você tem, Galvan? O que você tem hoje? Que são estas imagens extremamente estúpidas, esta emoção, estas repetidas perdas de controle? Isto se parece furiosamente a uma crise de empatia! Dir-se-ia: um jovenzinho em sua primeira autópsia... Recomponha-se. Pense em seu cartão de visita!

Professor Galvan.

Então, o bramido de um riso selvagem, no fundo de minha consciência.

E esta lufada de vergonha.

Uma vergonha feroz.

Que me... deixou pasmado.

– Absolutamente nada – proclamou Verhaeren ao se recompor –, seus pulmões estão muito bem!

Ele se mantinha de pé, no alto da escadinha. Olhava-nos de cima para baixo, com um ar de infinita reprovação, por cima de suas meias-luas. Eis aí Toulouse-Lautrec, se poderia dizer.

– Perfeitamente ventilados! Saliège pôs-se a defender-se imediatamente.

– Há um segundo ele estava sufocando. Seus lábios começaram a cianosar.

– Pois bem, ele já não está sufocando. Está respirando como vocês e eu.

Verhaeren fez um gesto curto para Placentier, que retirou a máscara de oxigênio como se tivesse esquecido uma panela no fogo.

– Bem, recapitulemos – propôs Verhaeren ao descer da escadinha.

O doente abriu os olhos. Seus maxilares se contraíram. Sua boca formou uma sílaba. Eu me inclinei.

– Eu não estou me sentindo muito bem...

– Ele não está se sentindo muito bem!

– Ele respira perfeitamente! – vociferou Verhaeren, como se eu houvesse trazido à tona um caso encerrado.

– Venha aqui, Galvan, vamos ao ponto.

Eu estava para obedecer-lhe quando a mão do doente agarrou meu punho. Aparentemente, ele não desejava que eu me afastasse. E sabe de uma coisa, senhor? Experimentei uma espécie de gratidão. Um sentimento completamente novo para mim. Eu estou aqui, meu caro, nada de pânico, não vou mover-me daqui. Você está em minhas mãos. Eu o tirarei daqui. Dou-lhe a minha palavra.

— Nada de pânico, relaxe, eu estou aqui, não vou mover-me daqui.

No entanto, ele não aliviou o aperto no punho. Uma força inaudita nas falanges. Suas unhas se cravaram em minha pele. Seus maxilares fizeram um barulho que reconheci imediatamente. Françoise fazia isso, algumas vezes, durante a noite. Ela rangia os dentes. Eu me dizia que, se não encontrasse uma solução, ela acabaria com molares de vaca. Mas nunca tive coragem de dizer-lhe isso, é claro. A que ponto somos somente um corpo, afinal de contas! A mais bela moça do mundo adormece e eis que tritura a aveia dos pesadelos. (Bruxismo é o termo exato...) Vá explicar-lhe isso, quando estiver em vigília, quando partir para o assalto do mundo após dar os toques finais no mais distinto dos cartões de visita!

A pele de meu punho perlou-se de sangue, e em seguida a palidez do doente se acentuou, o corpo se enrijeceu, uma espuma borbulhou das comissuras dos lábios...

— Epilepsia! – gritei. – Ele está tendo uma crise de epilepsia!

Não éramos mais de quatro para segurá-lo. Verhaeren não concordava com o meu diagnóstico. Não era epilepsia, não. Os olhos do paciente não se reviraram. Parecia mais uma hipoglicemia daquelas.

— Depois de ter bebido um barril de *gueuse*[2]? – objetou Saliège. – Eu ficaria surpreso!

---

[2] *Gueuse*: cerveja belga forte, de segunda fermentação. [N. do T.]

– Exatamente! Hipersecreção de insulina...
– Ou uma crise de paludismo? Um ataque de malária? – sugeriu Placentier, que tivera um tio-avô médico do exército colonial.

Teríamos discutido com muito gosto, mas o doente nos escapou como um peixe vivo. Um salto de carpa. Suas mãos atiradas para trás e seus pés para a frente agarraram a armação da maca. Ele se mantinha lá, em cima do colchão, rijo como um arco entre a cabeceira e os pés da maca, rangendo os dentes como nunca. Saliège e Verhaeren se encarniçaram sobre os seus dedos, impossível fazê-lo soltar a presa. Quanto a mim, tentava abrir-lhe a boca.

É bom saber que a força se decuplica neste tipo de crise; cada vez que isso acontece, ficamos estupefatos. Dava para acreditar que nosso amigo tinha crescido bem um meio metro e rejuvenescido uns trinta anos. Todos os tubos e todas as molas da maca vibravam. Um pânico de velas sob os assaltos do furacão.

– Temos de aplicar-lhe uma injeção, temos de fazê-lo relaxar imediatamente, senão ele vai passar desta para a melhor!

– Placentier, vá avisar a Iouraï! (mas se escreve Juraj) – disse alguém.

Juraj era o nosso neurologista, um eslovaco que havia aproveitado a primeira brecha do muro para exportar para nós a sua competência. Uma sumidade atualmente.

Placentier se lançou ao telefone.

Começávamos a tremer como o restante da maca, e depois houve um estalo seco: os quatro pontos de solda que mantinham o colchão na armação da maca tinham acabado de ceder. O colchão despencou no chão, e fomos também ao chão, o nosso doente e nós. As extremidades da maca foram arremessadas contra as paredes. Como um perfeito jogador de rúgbi, Saliège mergulhou para imobilizar as pernas do paciente. Verhaeren agarrou a cabeça para que não se despedaçasse no chão. Eu peguei seus punhos para esquivar-me de suas unhas, que ele acabou por cravar em suas próprias palmas.

– Puta que o pariu, Placentier! Que porra você está fazendo? Não vai dar-lhe uma injeção?

A mão de Placentier apareceu como que por invocação. Ela enfiou a seringa no ponto certo.

6

Se eu me tornasse chefe do hospital, meu primeiro contratado seria Juraj, nosso neurologista. Raramente se vê um sujeito mais senhor de si e mais seguro de seu conhecimento – e que não ficava se gabando. Um taciturno. Aprendera o francês nos manuais de medicina e só o falava para dar um diagnóstico ou propor uma terapia.

– Opistótono – declarou ele após ter-nos ouvido.
Houve silêncio.
– Ah?
– Merda.
– Sem brincadeira...
– Juraj...
– Vamos...

Não se tratava de uma opinião, mas de um diagnóstico. Juraj não dava o braço a torcer. Tudo o que lhe havíamos contado o confirmava. Opistótono, a fase terminal do tétano. Nosso doente havia manifestado contrações musculares? E como! Os músculos do tronco primeiro e depois os do pescoço? Exatamente. Inteligência intacta, mas elocução embargada? "Eu não estou me sentindo muito bem" era tudo o que ele conseguia dizer. Acesso de febre? De torrar os miolos. Suor frio? Com Angelin, sim,

depois da febre, exatamente. Constipação? Foi assim que tudo começou. Vômito? Vômito. É raro, mas acontece; ele vomita de vez em quando. Retenção de urina? Sem dúvida! No entanto, ele havia bebido, não? Sim. Asfixia? Sem dúvida, e começo de cianose também. Subdelírio? Não.
– Ele terá. Quando foi a primeira contração?
– Aqui, agora, antes de você chegar.
– Não!
Este "não" saiu de mim. Escapou-me. Ou melhor, não o contive. Não, a primeira contração tinha acontecido mais anteriormente. O doente havia tido sua primeira crise diante de meus olhos, no corredor de emergência. A pancada de seu corpo no azulejo tinha sido sua primeira crise.
– Quando caiu, estava rijo?
– Completamente travado.
– Em posição fetal?
– Não conseguimos deixá-lo reto de novo.
– Por isso os pontos de sutura?
– Sim.
– Disse alguma coisa antes?
– Que não se sentia muito bem.
– Você o auscultou?
– Tinha começado, mas...
– Ele já estava lá fazia muito tempo?
– Bem... Eu tinha um monte de gente.
– Pensou em oclusão?

– Parecia muito que era isso...

Passo a vocês os silêncios; tudo aquilo que Juraj não dizia, mas que ressoava na mente dos outros: o tempo perdido, o erro de diagnóstico; nada disso teria acontecido se eu tivesse levado o paciente diretamente a ele.

Juraj veio em meu auxílio:

– A diversidade de sintomas, aí está o que há de mais chato nesta porcaria.

(Obrigado, meu caro.)

– Em todo caso, vamos fazer uma punção lombar nele, vai que eu esteja enganado. Lembro-me de que você é bom em punções, Galvan.

Não somente eu era bom nisso, mas amava isso. Em geral, os pacientes imaginam mil e uma coisas. É a incisão fantasmagórica por excelência. Uma agulha na coluna vertebral... são poucas as imaginações que resistem a isso. No entanto, basta um bom ponto de referência: entre a quarta e a quinta lombar, opa! A resistência leve do ligamento... e a agulha penetra no canal medular como num sonho. Não se sente nada. Na primeira vez, fiquei maravilhado pela subida desse raio de sol na seringa – o líquido cefalorraquidiano é amarelo como o sol, sim. Assim, na primeira vez, eu me disse, bastante estultamente: "Então isso é a vida? Estamos cheios de sol?" E, de todos os atos medicinais, este se tornou o meu preferido.

7

– Bem, vou resumir-lhe, senão vamos ficar nisso o dia inteiro. No momento de fazer a punção, eis que o paciente é acometido de uma nova crise de asfixia. Ele vai do branco ao azul, do azul ao chumbo, do chumbo ao negro. Juraj me detém e Verhaeren se decide por uma traqueostomia.
– ...?
– Uma incisão na traqueia para ventilar os pulmões.
– ...
– Com esta notícia, seu coração quis sair da caixa torácica.
– ...?
– Como eu lhe disse. Ele voltou a respirar normalmente, mas teve uma taquicardia que nos deu um baita de um susto; víamos seu coração bater contra as barras. Chamamos a Aymard com urgência.
– ...
– A cardiologista. Nicole Aymard. Isso não lhe diz nada?

EU
NICOLE AYMARD

Cardiologista

8

Nicole Aymard repatriou o doente para a cardiologia, e eu voltei a descer para a emergência. Meu corredor se havia enchido de novo.
– Ah!, puxa vida!
– Nenhum incômodo!
– Onde ele estava, hem? Onde ele estava?
– Duas horas! Duas horas! Este negócio aqui se chama emergência, não?

Atravessei a cortina de protestos e, mais que nunca, fui atingido em cheio ao perceber como a esta hora avançada da noite os odores orgânicos suplantam definitivamente os eflúvios de detergente. Urina, álcool, tabaco, suor, curativos, roupa suja, perfumes de medo e de impaciência, isso cheirava a dor humana... cheiro de solidão, tufos de abandono, esse hálito da desventura... como uma imensa pele revolta. Eis o que a noite faz com as pessoas, senhor, quando baixam a guarda!

Éliane pôs um curativo em meu punho.

Mais tarde, chamei Nicole Aymard. O doente já não estava com ela.

– O coração dele se acalmou, mas ele desenvolveu uma dessas cadeias de gânglios, queria que você tivesse visto, Galvan! Do pescoço até a virilha, uma verdadeira corda cheia de nós! Na minha opinião, ele está fodido...

Em suma, enquanto cada um vinha com o seu diagnóstico, o paciente continuava a multiplicar os sintomas nessa noite que não terminava. Poderia dizer-se que ele hesitava entre todas as mortes possíveis. Depois dos gânglios, foram as articulações que incharam repentinamente. E, quando ele esgotou a ciência do reumatologista (esqueci o nome do reumatologista), proporcionou a si mesmo um festival de erupções cutâneas que deixou a dermatologista sem voz. (Ela, também uma mulher, a dermatologista, Geneviève... Geneviève como, já? No entanto, uma moça formidável...)

Depois disso, entrou em coma.

E então, com certeza, nada mais se passou.

Concluiu-se por hemorragia cerebral, tal como se faz um traço sob uma adição.

Foi instalado num quarto onde tive de passar o resto da noite com ele. Todo o mundo se encontraria ali no dia seguinte, às nove horas exatamente. Reunião geral, era o mínimo que se podia fazer. Angelin viria com o velho Madrecourt, que havia sido o professor de todos nós em semiologia médica. Madrecourt, claro! Angelin tinha razão, era preciso apresentar este caso a Madrecourt para que se visse claramente de uma vez por todas. E que melhor presente para o nosso velho chefe, a uma semana de sua aposentadoria, que esta enciclopédia viva de sintomas?

Embora, segundo a opinião geral, o paciente já estivesse morto até a manhã seguinte.

Eu não queria que ele morresse. Substituí a enfermeira de plantão, vá dormir, eu fico em seu lugar. A porta se fechou, e nós ficamos a sós, ele e eu. Era como se eu o velasse ele permaneceria vivo. Sentado numa cadeira de couro sintético cinza de tubos frios, os olhos postos naquele rosto inexpressivo, eu era o olhar da criança que acredita poder impedir que a vela se apague. Eu não pensava em outra coisa que não fosse: ei, você, continue vivo, continue conosco. Eu havia deposto as armas. Havia rasgado meu cartão de visita. Em uma noite, tornei-me médico. Um filho de família tocado pela graça; Paulo tornado cego na estrada para Damasco, Santo Agostinho sob o seu bosquezinho, Claudel atrás de seu pilar, e Pascal também: "Renúncia total e doce." Eu não experimentava senão uma gratidão calma e estupefata. Finalmente, pronunciava o meu juramento de Hipócrates. Um homem dedicado aos doentes, para sempre, fossem quem fossem, e incondicionalmente, aí está o que meu paciente tinha feito de mim. Adormeci tal como nos levantamos, a serviço da dor humana.

E, quando despertei, o leito estava vazio.

9

De início não me preocupei. Não me disse que o doente havia morrido. Pensei que houvesse sido levado para uma tomografia, ou que estivesse fazendo uma arteriografia, de que se falara naquela noite. Sorri pensando no excesso de precauções que deviam ter tido de tomar para levar a maca sem despertar-me. Delicadeza entre colegas, espírito de equipe... e rodinhas bem engraxadas.

Sob o chuveiro de que me concedi desfrutar, diverti-me ao enumerar as profissões que eu não teria gostado de seguir: comerciante, a angústia do estoque, que horror! Diplomata, dogmatismo político numa língua enganosa, não, obrigado! Farmacêutico, professor, magistrado...

A água escorria, fervendo...

Arquiteto, engenheiro, publicitário, advogado, jornalista, contador... Entreguei-me por um longo momento à alegria de não ser nada daquilo. Médico, eis o que eu era. O meu ser, sim, médico. Este médico aqui naquela medicina ali, nada além disso. Doutor entre os doutores. Era tudo novo, a começar desta noite, não era um plano de carreira, minha árvore genealógica não tinha nada que ver com isso, e isso nunca poderia ser retratado em nenhum cartão de visita.

Enfiei minhas roupas de plantonista em minha bolsa de pano. Vesti uma camisa limpa como uma pele nova, uma calça de veludo grosso, um casaco de velha lã inglesa, com motivos em zigue-zague; roupas de convalescente. "Confortável como uma convalescência", sim, ainda me lembro da expressão.

Depois, subi mais uma vez ao quarto de meu supliciado. E não o encontrei ali. Foi o começo de minha preocupação. Telefonei para a sala de tomografia. Perguntaram-me o nome do doente. Ah, sim, claro, bem, como ele se chamava? Dei-me conta de que ninguém se havia perguntado isso. O nome era indispensável, explicaram-me; havia gente esperando pela tomografia. Certo, mas exatamente, eis, eu não sabia seu nome. E eu? Quem era eu?

– Galvan.

– Quem?

– Galvan. Eu estava de plantão no pronto-socorro na noite passada.

– Não era o Verdier na noite passada?

– Não, era eu. Eu o substituí.

– Galvan, então?

– Sim, Galvan.

Se o chamado Galvan não sabia o nome do paciente, poderia precisar que setor o havia enviado? Abri a boca, mas, surpresa, eu tampouco conseguia responder a esta pergunta.

— Veja bem, um sujeito cujo nome você não sabe, assim como não sabe que setor o enviou, e quer que justamente nós nos lembremos dele?

Descrevi mais ou menos o paciente, disse que vinha sem dúvida da neurologia. Provavelmente uma tomografia cerebral.

— Nenhuma tomografia cerebral hoje de manhã.

— E ninguém foi mandado pela neurologia — disse com uma voz impaciente, um eco distante da primeira.

— Bem, sinto muito. Desculpe-me.

Liguei para Nicole Aymard. Será que ela havia recuperado o paciente a ponto de conseguir fazer um eletrocardiograma e um ecodopplercardiograma nele?

— É claro que não.

E Nicole Aymard me perguntou se a reunião geral das nove horas ainda estava de pé.

— Acho que sim.

Acrescentei que o paciente não estava em seu quarto nem na tomografia.

— É porque ele morreu, Galvan. Você viu o estado em que estava? Em todo caso, sua presença não é indispensável. O essencial é que estejamos lá para fazer o relatório para Madrecourt. Você pegou o Madrecourt em semiologia?

— ...

Desliguei lentamente. Morto... Evidentemente, morto... Que noite eu havia passado para acreditar em contos de fadas? Um príncipe encantado aos pés da cama de uma princesa em coma e ressurreição matutina? Vamos, Galvan, vamos. E que tipo de médico eu teria sido enquanto me contava essas histórias?

O coração me batia na ponta dos dedos quando disquei o número do necrotério... Tive dificuldade para dizer o que queria. Mas desta vez dei meu nome antes que me perguntassem.

– Galvan.
– Quem?
– Gérard Galvan.
– Espere um momento.

Ouvi alguém folheando um registro.

– Galvan... Não temos morto algum com este nome.
– Não, Galvan sou eu.
– Quem é eu?
– Eu, o médico plantonista. Eu estava de serviço esta noite.
– Eu achei que era o...
– Era eu.
– Ah! Era preciso dizê-lo. Bem, vamos ao defunto. Qual é o nome dele?

E assim por diante até que, não, o necrotério havia recebido somente o cadáver de um motociclista durante a noite, e que havia saído de uma cirurgia. Mas não lhes fora entregue nenhum outro.

– E hoje de manhã?
– Também não. Esta manhã está tranquila.

Alívio...

Imenso!

Tratei-me alegremente de cretino. Deviam ter trocado o meu protegido de quarto. Simples assim. Era a única explicação. Por que pensar imediatamente no pior? Pode explicar-me, Galvan? Outro quarto; pare de ficar imaginando coisas.

Vasculhei o andar; nada. O paciente não estava em leito algum. Interroguei todas as enfermeiras; nenhuma o havia visto. Tendo sido feita a troca de turno da manhã, nenhuma delas – nenhuma mesmo! – havia ouvido falar dele. Porra! Era de dar vertigem. Era para acreditar que aquele sujeito nunca tivesse existido. Ou que a noite passada não acontecera.

Assim passavam as horas. Quando voltei a alcançar a sala em que devia acontecer a reunião, estava todo o mundo lá. Todos os meus colegas unidos, mais Madrecourt e sua grande família de estudantes, grudados no mestre como um bando de filhotes de javali. Uns trinta jalecos brancos nuns quinze metros quadrados. Voltaram-se para mim como se fossem um só homem, quando Madrecourt – meu ídolo! – me perguntou onde estava o paciente.

10

Respondi que não sabia de nada.
— Espere, Galvan — sussurrou Nicole Aymard com uma espontaneidade encantadora. — Foi exatamente você que o ficou velando esta noite, não?
Madrecourt se lembrava de mim? Eu não juraria quanto a isso. Envolvia-me com um olhar que eu estava longe de preencher. Não fazia tanto tempo assim, contudo; eu também fazia parte dos filhotes de javali extáticos, o lápis no ar e o caderninho febril. Precisei explicar que, sim, eu havia velado o nosso paciente, é verdade, mas havia adormecido e encontrado uma maca vazia ao acordar. Isso porque tivera uma noite bastante...
— Quando estamos de plantão, as noites são longas para todo o mundo — decretou Angelin, sem que se pudesse dizer se me repreendia por ter dormido ou se imaginava que também ele poderia ter dormido.
Silêncio.
Que Madrecourt rompeu ao dirigir-se aos estudantes:
— Meus jovens, a visita promete ser instrutiva: seus colegas mais velhos me convidam a dar a aula de anatomia de Rembrandt, mas sobre um leito vazio.

Diz isso sem sequer uma sombra de sorriso. Madrecourt era algo entre Alain Cuny, Charles de Gaulle e Samuel Beckett, não vê? Cabeleira branca, olhar de pássaro, direito como a ética; um ícone num terno de pastor protestante. Não um átomo de Coluche. Ele *nunca* fazia rir. O discurso ponderado, a voz que subia das entranhas e as palavras que caíam lá de cima, sob o peso do sentido, uma após outra.

– Bem, resumamos – resumiu ele. – Um indivíduo misterioso esteve nas mãos de vocês esta noite; ele manifestava, pelo que contam, sinais de patologias sucessivas tão variadas quanto oclusão intestinal, crise de malária, erupções cutâneas, globo vesical, angina do peito, para ficarmos só no superficial... É nisso que vocês querem que eu acredite?

Na verdade, já ninguém acreditava nisso.

– E, além disso, que cada um de vocês ficou impressionado com tal circunstância, não é mesmo, senhorita Aymard?

As bochechas de Nicole Aymard ainda deviam estar ardendo.

Mas o velho Madrecourt já chegava à conclusão.

– Bem, caros colegas, das duas uma: ou a história de vocês é verdadeira e vocês são imperdoáveis por não me terem acordado durante a noite; ou é uma farsa, a festinha organizada para minha aposentadoria, uma homenagem ao meu ensino, a maneira de vocês me desejarem uma boa morte. E aprecio muito isso. Se, portanto, vocês têm um discurso para a ocasião e um presente para me dar, vão em frente, para que acabemos logo com isso. Paralisia geral. A vergonha dos antigos diante dos mais novos, o embaraço dos mais novos com relação aos antigos, a sala branca, a espera de Madrecourt ao lado do leito vazio, um minuto de silêncio que se eterniza...

Até que uma voz se eleva:

– Bem, eu poderia fazer o papel de presente se vocês realmente quisessem.

Veio da porta que tinha ficado aberta. Por instinto, os jalecos brancos se afastaram para abrir uma brecha para o olhar de Madrecourt.

Nosso paciente se mantinha ali, de pé, sorrindo, com um paletó transpassado, impecável, também ele tinha acabado de tomar uma chuveirada, pele lisa e voz viva.

– Um presente bastante apresentável, eu acho, apesar de uma noite antes agitada – precisou ele enquanto dava alguns passos que o levaram para o meio de nós.

11

Para uma ressurreição, era uma ressurreição! Nada a ver com o aspirante a cadáver com que rodamos para cima e para baixo toda a noite. No entanto, era exatamente o nosso paciente; nenhuma dúvida quanto a isso. Mas na forma de um homenzinho arrumado, saltitando entre os voais de seu after-shave. Somente um esparadrapo no alto da testa. Elevado sobre os calcanhares, dirigiu a Madrecourt um olhar vivo e disposto a fazer um elogio a todos nós. Não, Madrecourt não devia "dar uma bronca" (*sic*) em nós, havíamos sido "perfeitos", cada um em sua área, e nossa eficiência atestava a qualidade do ensino que Madrecourt nos tinha dado. Sim, sim.

– A precisão do diagnóstico aliada à rapidez da ação terapêutica, impressionante! Propriamente impressionante! O doutor Angelin, por exemplo...

E eis que começa a passar-nos a todos em revista: Angelin, Placentier, Saliège, Verhaeren, Juraj, Aymard e os outros... Sem brincadeira. Um Bonaparte no dia seguinte ao da vitória, a ponto de puxar-nos a orelha.

– Até o jovem Galvan, que teve o cuidado de engraxar as macas!

E dá-lhe de incensar o jovem Galvan, onipresente, compassivo, dedicado até o esgotamento. Esse mesmo Galvan que ele tomou todo o cuidado de não acordar ao partir: "Não fique chateado, Galvan, eu precisava ir em casa para melhorar a aparência."

— E ainda há gente na França que critica o sistema hospitalar! Se alguém, agora, pode testemunhar a excelência de seus serviços, senhores, esse alguém sou eu! E não deixarei de fazê-lo!

A onda de elogios. Sucede, porém, que apenas começávamos a retomar as forças. Em todo caso, tínhamos algumas coisas por perguntar-lhe:

— Vocês devem estar se perguntando: que significa esta comédia? Com que tipo de maluco estamos lidando?

Ele falava com uma voz clara como um proscênio.

— Algo me diz que vocês vão pôr de lado seus antigos diagnósticos e buscar explicação na psiquiatria...

De fato, estávamos bastante tentados a explorar este terreno. Ele se propôs a ajudar-nos.

— Bem, se vocês não se importarem, vamos excluir imediatamente a hipocondria. Nunca um hipocondríaco teria tido coragem de expor-se desse modo. No hipocondríaco, o que domina é o medo!

Assentimento geral.

— Bem, vejamos o restante... A que poderíamos atribuir uma sintomatologia tão vasta, aliada a tamanho domínio do corpo? A uma boa e velha histeria? Uma his-

teria à moda antiga, à Charcot? Somatizações de encomenda, manifestações espetaculares, pseudoepilepsia... Talvez haja um pouco disso, sim...
  Ele mesmo refletiu sobre isso por um ou dois segundos, e depois:
  — A menos que... uma síndrome de Münchausen... não?... Essa capacidade de passar de uma doença a outra no momento em que se está prestes a dar o diagnóstico... vocês não acham? Não há nada mais escorregadio que um Münchausen.
  Alguns fizeram que sim com a cabeça. Os filhotes de javali tomavam notas como se fosse um caso de vida ou morte. Madrecourt apenas escutava. Talvez se perguntasse se o fanfarrão fazia parte da farsa.
  — Mas essa exposição de si mesmo, em todo caso... Os Münchausen gostam de flertar com os médicos, é verdade; no entanto, nunca se expõem dessa forma...
  "Com efeito" parecia dizer o silêncio geral.
  — Não, há aqui uma erotização do corpo... uma erotização maciça do corpo doente... um pouco como se...
  Neste momento, ele se dirigiu mais especialmente aos filhotes de javali:
  — Um pouco como se minha mãe me tivesse dado banho até os meus quarenta anos, enquanto meu pai transava com a irmã mais nova dela... Compreendem?
  Dois ou três estudantes franziram as sobrancelhas, mostrando que haviam compreendido. Por cima deles, Angelin e Saliège trocaram olhares que eram muito cla-

ros: Já bastava! Ele se dirigiu a eles imediatamente, antes que explodissem:
— Vocês poderiam optar também por um delírio paranoico.
Então fez uma pausa. Depois, englobando a todos nós num mesmo olhar:
— Meu corpo perseguido pelo corpo médico, trazendo a cada mudança de sintomas a prova de sua incompetência...
Saliège e Juraj prenderam a respiração.
Madrecourt continuava sem piscar.
Ele caiu na gargalhada.
— É claro que não! Esta hipótese está descartada desde o começo do meu discurso. Mais uma vez, todos vocês têm a minha admiração, de verdade! E o meu agradecimento em nome de todos os doentes da França e de Navarra!
Suspiros de alívio.
— Mas voltemos à questão inicial: por quê? Por que eu me prestei a ser esse desfile de sintomas? Creio que vocês têm direito à verdadeira explicação.

12

Foi então que minha vida ficou de cabeça para baixo, senhor. Quando ele deu a verdadeira explicação. Pois ele acabou por dar toda a explicação, a verdadeira. E eu já não estava com tão bom humor para tolerá-la. Alguma coisa, em mim, subira desde que ele aparecera na porta. Estupor no momento de seu aparecimento, irritação à sua apresentação, nervosismo crescente durante a aula de psicologia... Some-se a isso o after-shave que fedia a satisfação de si; eu estava no meu limite. E nem vou mencionar a gravata. Nem o lencinho de seda malva. Nem os sapatos. Eu me perguntava por que ninguém lhe objetava nada. Aquele sujeito nos arrastara a noite toda para lá e para cá, e os outros o escutavam como se ele fosse o rei do anfiteatro! Que merda! Todo o mundo estava de olhos grudados em todo o mundo: os estudantes novamente estupefatos diante de meus colegas que haviam conseguido novamente a promoção, os colegas petrificados por Madrecourt, que fazia o papel de estátua do Comendador, e toda essa turma imobilizada ali por esse lisonjeador que bancava o pavão em seu terno depois de nos ter dado um puta de um trabalho a noite toda. Quando penso! Quando penso que quase tive um infarto por causa dele! Quando penso! Quando penso que por causa desse palhaço eu quase morri de preocupação! Quando penso! Quando penso que meu coração parou de bater dez vezes durante a noite! Tudo isso para ouvi-lo agora explicar-nos que graças a nós ele conseguira finalmente realizar seu desejo mais querido, um projeto muito antigo, um "sonho identitário" (é a expressão estúpida que ele empregou, sim, um "sonho identitário") que ele nunca teria realizado "sem o nosso precioso auxílio".

– Um desejo legítimo, aliás, senhores médicos, vocês vão compreender bem melhor porque cada um de vocês tinha o mesmo desejo. Eu também queria, como vocês, brandir um dia um cartão de visita que fosse digno de mim! Sucede porém que, para realizá-lo, eu precisava de suas competências, precisava submeter-me a vocês como a um júri de concurso, e então obter a bênção de vocês! Vocês me deram essa bênção, caros amigos, esta noite, cada um na sua vez, vocês me entregaram meu diploma, vocês me tornaram dignos do cartão de visita com que sempre sonhei!

E eis que ele começa a distribuir cartões de visita em torno de si.

– Meu cartão, senhor.

A começar por Madrecourt: "O senhor que construiu sua identidade decifrando todos os sinais do corpo!"

Madrecourt deixou os olhos cair sobre o papel do cartão, mas o sujeito já estava diante de Angelin:

– Meu cartão, professor. E você merece amplamente o seu, você, que identificou instantaneamente minha oclusão.

Um cartão para Nicole Aymard: "pois meu coração já não guarda segredo para você"; um cartão a Verhaeren: "que conhece os meus pulmões melhor do que eu o fundo dos meus bolsos"; um cartão para a urologia, um cartão para a neurologia, um cartão para a dermatologia, um cartão para a reumatologia, um cartão para...
E um cartão para mim!
Seu cartão de visita.
Sabe de uma coisa?
Nem sequer tive tempo para identificar o seu nome.
Meus olhos foram diretamente para o essencial, gravado ali, em relevo, em seu cartão de visita, o objeto de seu orgulho, seu "sonho identitário", seu grande projeto finalmente realizado, graças a nós, sua razão de ser: senhor sei lá o quê... ANTIGO DOENTE DOS HOSPITAIS DE PARIS.

Bem ali, diante de meus olhos *com todas as letras* e na ponta de meu dedo:

ANTIGO DOENTE DOS HOSPITAIS DE PARIS

Meu punho se quebrou sozinho.
– ...
Sim, senhor, fodi com meu punho no focinho dele.
Foi instantâneo.

E muito lento.

Tive tempo de ver o punho partir. Eu sabia que ao arremeter o punho contra aquele sorriso eu vingava os meus confrades e sabia que não me agradeceriam. Meu punho partia em direção àquele rosto, e eu sabia que, assim que chegasse, o decano da faculdade me convocaria, cassado pelo Conselho de Medicina, adeus, medicina, desta vez era para valer, eu sabia. No entanto, deixei meu punho seguir sua trajetória; eu, aliás, pus todo o peso de meu corpo nele, rotação do busto, apoio sobre a perna esquerda, extensão máxima, uma bala de canhão... Meu pai me deserdaria... Do fundo de sua sepultura, meus ancestrais médicos me amaldiçoariam até a sétima geração, isso era absolutamente certo... Mas eu havia lançado aquele soco com todo o coração, e quando ele chegou, destruindo uma fileira dupla de dentes impecáveis, eu me perguntava como ia ganhar o pão de cada dia dali por diante. Enfermeiro? Impossível, eu havia consumido em uma noite tudo aquilo que uma existência humana pode proporcionar de compaixão. A pulverização do maxilar superior não detém meu punho. Ele continuou seu itinerário: luxação do queixo, língua seccionada, fratura do septo nasal, afundamento da órbita (seria preciso operá-lo se não se queria que seu olho caísse em seu lenço). Confesso: eu queria uma concussão cerebral. Veterinária? Eu seria veterinário? Certamente não, a maior parte dos animais é amansada em Paris, domesticada até ao mimetismo, tão pirados como seus donos...

13

– E foi assim que me tornei mecânico de automóveis. Sempre a vocação de tomar conta, mas do material, nada mais: é o último refúgio da inocência. Um carro não sacaneia, um amontoado de ferragens e de estopa mais ou menos eletrificada; nem o menor "sonho identitário". E o que me diz da eletrônica? É cirurgia. Faz-se amputação e substituição. O que estiver fodido vai para o lixo, faz-se a troca e o carro está como novo. Estou errado?

– ...

– Aqui está, já preparei sua nota. Troca de óleo e os pneus, tudo bem? A lubrificação é por minha conta.

– ...

– Logo, logo vai precisar trocar as pastilhas de freio.

– ...

– Em todo caso, obrigado por ter-me escutado.

– ...

– Sim... vinte anos... completos hoje.

– ...

– Uma direita famosa, apesar de tudo. Veja este inchaço em meu punho; é a recordação que guardo, um reumatismo na articulação metacarpofalangiana do dedo médio; quebrei a mão naquele soco. Alguém gritou: "Galvan, não!" Mas sim. Um direto de direita que lançou nosso antigo paciente ao seu velho leito. Quando, por fim, eles me olharam, eu disse: "Faltava-lhe a traumatologia."

O 6º CONTINENTE

Drama familiar-planetário
em trinta movimentos

AGRADECIMENTOS

Vão para Laure Pourageaud e Patricia Moyersoen, minhas fontes vivas de documentação.

ADVERTÊNCIA

– *Está vendo, o avião se está estatelando.* Com efeito, eu vejo o corpo de Lilo, lançado para o alto pelo impacto, quebrar-se em dois sobre o encosto da frente, rodopiar, a respiração entrecortada, a boca aberta, olhos imensos, surpresa e terror. O braço se desloca contra o encosto, a perna esquerda forma um ângulo impressionante no momento em que Lilo se precipitou no corredor central...
– *Está vendo? Ou então, veja, pode ser...* Desta vez, o corpo, arrancado de um delírio qualquer, arrebenta-se secamente contra a aresta do encosto, o choque é fatal e o que cai entre as duas poltronas já está morto. Nenhuma surpresa, nenhum medo, simplesmente morto; o corpo já não significa nada. É um saco o que desaba ali.

Suíça de origem, Lilo Baur é uma diretora de cinema poliglota, mas que se exprime somente por gestos. O que depende de seu coração passa pelo corpo. Outros explicam, demonstram, discorrem, querem provar; ela não; a maior parte de suas frases começa com "está vendo", e o restante é o seu corpo que o mostra. Mas não é um corpo de mímica. Ela não imita nada. É um corpo expressivo, como se diz de certas caras que dizem tudo.

É para ela e seus sete atores que escrevi O 6º Continente. *Enquanto escrevo esta advertência, eles se preocupam em encenar a peça, no teatro Bouffes du Nord. Há dois anos que os vejo trabalhar em inumeráveis improvisações. Dois anos que, vendo-os, sonho com a coluna vertebral desta história. Lilo lhes propôs centenas de improvisações. Entre as quais esta, que não está na peça: "Um fim de semana em família." Se um professor primário lhes tivesse dado este tema quando eram crianças, eles o teriam trancado no armário da sala e jogado fora a chave. Com Lilo Baur, não. Um fim de semana em que meio?, perguntam eles. Alta burguesia? Lumpemproletariado? Classe média? Alta? Baixa? Nada de VIPs que andam de jatinho por aí; para essas pessoas é domingo todos os dias! Por fim, optam por uma família de pequena renda nas quais as coisas só são usadas racionalmente. No sábado à tarde, lava-se o carro. Até que se cansam de lavar o carro no sábado à tarde. Por sorte, o posto de gasolina da vizinhança conta com lavagem automática. Desse modo, é para lá que levam o carro da família. Colocam-se fichas em fendas idôneas. E eu vejo cinco atores transformar-se em lavagem automática. Quatro deles se tornam escovas giratórias laterais, e Claudia De Serpa Soares, dançarina de profissão, é o rolo que percorre horizontalmente o carro do capô até o porta-malas. O efeito de realidade neste ponto é tão hilariante, que eu caio da cadeira.*

É, portanto, para esta turma internacional de atores, dançarinos e músicos, Lilo Baur, Ludovic Chazaud, Claudia De Serpa Soares, Mich Ochowiak, Hélène Patarot, Kostas Philippoglou, William Purefoy e Ximo Solano, que escrevi O 6º Continente: eles vieram dos quatro cantos da Europa para contar a história de uma família obcecada pela propriedade e que se torna, em três gerações, fonte da mais assustadora poluição que a espécie humana já foi capaz de produzir. A quase totalidade da peça é constituída de improvisações que eles me regalaram ao longo destas últimas duas semanas. Deste ponto de vista, O 6º Continente, ópera-bufa de nossa imundície, é uma criação coletiva de que não sou senão o libretista.

D. P.

PERSONAGENS

Théo
Apémanta
A avó
O avô
O pai
A mãe
O padrinho³
Um entregador, um sacerdote, uma secretária, um prefeito, duas massagistas, homens de negócios, uma conciliadora, dois leões de chácara, um legista, um enfermeiro, uma fanfarra, um conselho de administração, acionistas e turistas de alto luxo.

---

[3] O substantivo francês *parrain* ("padrinho") tem também a acepção de "chefe de organização criminosa (especialmente a Máfia)". [N. do T.]

1
Théo despojado

Um homem com todos os atributos da riqueza e do poder caminha calmamente na rua. Penteado impecável, terno última moda, sapatos muito luxuosos; ele fala ao telefone, olha a hora no relógio de pulso, fala pausadamente etc. De repente, ei-lo preso numa corrente humana, que caminha em sentido contrário, sem pressa nem expressão particular. E esta corrente despoja o homem de todos os seus atributos de poder. Em um silêncio absoluto e sem a menor agressividade, são subtraídos seu telefone, seus óculos escuros, seu cartão de crédito, sua carteira, seu colete, suas calças, sua camisa, seus sapatos, até que se encontra nu, abandonado no meio do palco, sobre o monte de seus pertences que se deixaram cair ali.

2
Théo em sua ilhota

THÉO: É melhor refletir. Não consigo perceber o que pode ter falhado em minha educação.

Ele recebe uma grande quantidade de lixo sobre a cabeça. Ele permanece pensativo. Pega um pedaço de papel quadrado que encontra nos dejetos. Examina o papel.

THÉO: Quando penso que o herói de minha infância foi o sabão!

Pequenos papeizinhos semelhantes, pendurados num fio, atravessam o palco da esquerda para a direita.

3

A fábrica de sabão

THÉO, O AVÔ, A AVÓ, A MÃE,
O PAI, O ENTREGADOR

Aparece uma fábrica de sabão onde trabalham o avô, sua esposa, sua filha, seu futuro genro e um entregador.
    Eles estão ocupados, embalando sabões na linha de produção.
    Mesa de embalagem de sabões. Cada papel pego serve para embalar um sabão; cada sabão é verificado pelo avô antes que o passe para a avó, que por sua vez o coloca no cesto do entregador. Uma vez cheio o cesto, o entregador atravessa o palco de bicicleta antes de desaparecer nos bastidores.

THÉO: Meu avô vendia sabão.

O AVÔ: Eu não me contentava com simplesmente vendê-lo! Fabricava-o, embalava-o *e* vendia-o. Boa fabriqueta...

A AVÓ (*secamente*): Uma manufatura familiar!

O AVÔ (*de mau grado*): Sim, minha mulher e eu...

A MÃE (*timidamente*): E eu também, ainda que um pouco, não é, papai?

O AVÔ: Sim, minha mulher, minha filha e eu...

O PAI (*alegre*): E eu! (*acrescenta algumas palavras em grego que, sorrindo, ele mesmo traduz para o avô:*) Seu sabão é a honra de minha vida!

O AVÔ: E Yorgos, nosso melhor operário. (*A Yorgos:*) Como se diz?

O PAI: (*em grego*): Seu sabão é a honra de minha vida.

O avô tenta repetir a fórmula em grego enquanto a avó põe um último sabão no cesto do entregador. Théo, ao passar pelo entregador, pega um sabão de seu cesto.

THÉO: Sem esquecer Michel, o entregador, e todos os que não vemos. (*Ele cheira o sabão em sua mão.*) Meu universo inteiro tinha o perfume deste sabão.

A produção continua a embalar.

O AVÔ: O papel não é suficiente. Na semana que vem, começaremos com as caixas. Comprarei Armand.

O PAI: Que ótima essa ideia da caixa! É o futuro!

A MÃE: Papai, você sabe bem que seus preços não comportam Armand.

O AVÔ: Os preços caem.

O PAI (*com um sorriso gentil*): Às vezes, brutalmente.

THÉO (*em off*): De fato, eu nasci no sabão.

4

Concepção e nascimento de Théo

OS MESMOS

Em um papel de embalagem ainda pendurado no fio, aparece a declaração EU AMO VOCÊ, *que se imobiliza diante da mãe.*

THÉO (*em off*): Isso só pode ser ideia do papai. Na oralidade, ele não era seguro de seu francês. É de origem grega.

A mãe amarra no fio outra folha na qual se pode ler EU TAMBÉM.

THÉO (*em off*): Esta é a mamãe. Tímida.

Depois aparecem, ainda amarrados no fio, um vestido de casamento e um smoking; tanto um como outro se imobilizam diante do pai e da mãe.
   Casamento.
   Um padre celebra.

TRANSIÇÃO

A cauda do vestido da noiva enrolada como uma bola se torna um bebê que ela embala nos braços.
   Fotos.

THÉO (*em off*): E este sou eu.

A família inteira em torno do bebê.

O AVÔ: É a minha cara!

A AVÓ: A minha também. É uma criança familiar.

A MÃE (*tímida*): E a minha também, um pouco... não? Ele nasceu liso... vup... como um sabão.

O PAI (*em grego*): Ele será a honra do sabão!

O AVÔ: Você acha?

O PAI (*traduzindo*): Meu filho será a honra do sabão! (*Repete-o em grego. O avô anota a fórmula.*)

Retomada do trabalho.

Desta vez, o trabalho consiste em arrumar os sabões em caixas fabricadas na própria empresa.

Automatização.

Em linha de produção, as caixas são colocadas sob uma prensa.

Um ator, transformado em braço mecânico, deixa cair um sabão em cada caixa.

No final da linha de produção, o avô verifica a caixa e a passa à avó, que a coloca no cesto do entregador. Estando o cesto cheio, o entregador parte. Agora ele está de mobilete. Atravessa o palco e desaparece nos bastidores.

5

Educação de Théo

OS MESMOS

THÉO (*em off*): Pode-se até dizer que *cresci* no sabão.

O pai e a avó torcem um pano sob o qual o pequeno Théo se banha.

A mãe de Théo o enxuga, cantando:

A MÃE: Na límpida nascente
    Ao sair para passear

Vi a água tão atraente
Que me decidi banhar.

Amo você há já muito tempo
E jamais o esquecerei.

Depois as mulheres penduram o pano no fio e continuam a lavar roupa. Théo brinca com um sabão. O sabão lhe escapa, ele tenta agarrá-lo, o sabão cai. Théo escorrega, cai por sua vez e jura:

THÉO: Que merda! Sabão filho da puta e imbecil!

A MÃE: Théo! Que é que estou ouvindo? Vá lavar a boca! Agora!

Théo pega o sabão para lavar a boca.

O AVÔ: Com um limpo! Não há nada mais sujo que um sabão sujo, Théo, já lhe disse isso umas cem vezes! Um sabão grudento de gordura cinza que ninguém enxaguou; não há nada mais repugnante que isso!

O PAI (*gentilmente, estendendo uma caixa a Théo*): Nada de palavras sujas na família, meu filho!

Théo abre a caixa, apanha o sabão, lava a boca e faz bolhas. Durante este tempo, atrás dele as mulheres penduram camisas, cuecas, meias etc.

TRANSIÇÃO

O grande lençol que seca no fio é retirado pelo avô e pela avó. Colocado sobre dois paus, torna-se uma barraca. Ei-nos na praia!

6

O encontro do padrinho

TODA A FAMÍLIA NA PRAIA

Théo na frente do palco. Joga pedrinhas na água.
   Ploft... ploft...

THÉO: Não há nada melhor que a praia para sentir-se filho único.

O avô e a avó estão sentados à sombra da barraca.
   A avó tricota.
   O avô leva ao ouvido um rádio que guizalha.
   Os pais (o pai e a mãe) se contorcem para vestir os trajes de banho sob uma mesma toalha de banho.

THÉO: Mas é na praia que encontramos o padrinho.
   A verdadeira fortuna é a ele que se deve.

Um homem se aproxima dos pais, ocupados em trocar de roupa sob a toalha comum. O homem, de short e camiseta, carrega um cesto de vendedores ambulantes amarrado ao pescoço. No cesto, um sabão.

O PADRINHO (*mostrando um chuveiro de praia*): Vocês vão enxaguar-se ao sair da água? (*Os pais muito constrangidos sob a toalha.*) Não me digam o contrário, vocês vão mergulhar seus corpos duvidosos neste mar cristalino e, ao sair, vão enxaguar-se para livrar-se do sal. Estou enganado?

O PAI (*ainda trocando de roupa*): Não, claro que não. Sim, vamos enxaguar-nos...

A MÃE (*muito desconfortável*): Dá para ver que ainda estamos...

O PADRINHO: E ele? (*Mostra o mar.*) Quem vai enxaguá-lo? Vocês nem sequer chegaram a pensar nisso? Acham que o mar é uma banheira? Os oceanos são as pias-batismais da humanidade! Não se entra com os pés sujos nas pias de água benta de Deus! Vocês devem passar pelo chuveiro ANTES de entrar no mar. Não quando saírem! E com sabão, por favor! (*Ele estende o sabão ao pai e olha o relógio de pulso.*) Vamos, vocês têm dez segundos para comprar o meu último; vendi todos os outros! Vocês são os únicos grudentos nesta praia!

O pai deixa a toalha cair bruscamente. A mãe, nua, se contorce. O pai, igualmente nu, precipita-se para o avô.

O PAI (*mostrando o vendedor de sabão*): Precisamos contratá-lo! É uma verdadeira força de dissuasão! Gerente de vendas! Agora mesmo! Com ele vamos dominar o mercado!

O AVÔ (*examinando o sabão*): Além do mais, é um dos nossos. (*Ao padrinho*:) Vendeu quantos hoje?

O PADRINHO: Dezessete cestos!

TRANSIÇÃO

A chuva começa a cair enquanto se dá a conversa entre o padrinho, o pai e o avô. Juntam as coisas muito rapidamente. A barraca se transforma numa toalha de mesa que se coloca sobre uma mesa onde se põem os talheres do jantar.

7

Aparição de Apémanta

Jantar de família

OS MESMOS COM EXCEÇÃO DA AVÓ

Na mesa familiar, a cadeira do avô está vazia.

A AVÓ (*em off*): Já, já fica pronto!

A MÃE (*mostrando a cadeira vazia do avô*): Mas o que é que ele estará fazendo?

O PAI: Provavelmente dando uma volta.

A MÃE: A esta hora?

O PADRINHO (*olhando o relógio de pulso*): Não há hora certa para a expansão!

A AVÓ (*em off*): Já, já fica prontinho!

A MÃE (*perdendo a paciência*): Bem, vamos lá! Vamos bendizer! Isso fará com que ele venha.

Ela faz o sinal da cruz, todo o mundo junta as mãos, o nariz apontado para o prato.

A MÃE: Abençoai-nos, Senhor,
   Abençoai este alimento
   Àqueles que o preparam...

Uma mala rola pelo palco. Todos a seguem com os olhos. A mãe caminha atrás da mala. A mala para diante da mesa familiar.

A MÃE (*retomando a bênção*): E dai pão...

O AVÔ (*terminando a bênção*): E dai pão aos que não o têm.

O avô abre a mala e tira dela uma menininha ocupada em ler.

O AVÔ (*mostrando a garotinha*): "Aos que não o têm", vejam só. A partir de agora, ela faz parte da família. (*Ele senta a pequena à mesa. Um tempo.*) Ela se chama Apémanta.

APÉMANTA (*natural*): Bom-dia, todo o mundo. (*Ela volta a ler.*)

A AVÓ (*em off*): Já, já vai ficar BEM prontinho!

A mãe se levanta, vai aos bastidores e volta com uma sopeira.

THÉO: Olá, Apémanta. Eu sou Théo. (*Dá um beijinho nela*). Eu a amo muito.

APÉMANTA: Vamos ver! (*Ela volta a ler.*)

A mãe começa a encher os pratos que os outros levantam em sua direção.

O AVÔ: Fiz uma oferta a Berthier.

A MÃE (*interrompe-o mostrando Apémanta, a quem serve*): Onde a encontrou?

O AVÔ (*gesto vago*): Lixeira... (*Prossegue, comendo:*) Fiz uma oferta a Berthier, pode crer!

O PADRINHO (*comendo*): Berthier... o plástico? As embalagens?

O AVÔ (*comendo*): Exatamente.

O PAI (*comendo*): A embalagem é o futuro!

A MÃE (*comendo*): Eu achava que Berthier fosse muito caro para nós.

O AVÔ (*lacônico*): Ele baixou.

O PADRINHO (*comendo. Fala a toda, sem respirar*): Vocês fizeram muitíssimo bem! Com o sabão e similares nós vendíamos PRODUTOS de limpeza. Agora, com a embalagem, vamos vender A PRÓPRIA LIMPEZA. E limpeza é o nosso negócio!

Ele levanta o copo, todos brindam.

O PAI (*também ele falando a toda*): Agora, é preciso visar ao conjunto do grupo. A parte material e seu ramo logístico. Desenvolvemos TODA a cadeia de embalagem! Desde a produção até o envio ao mercado. O NOSSO mercado!

Ele continua com algumas palavras em grego, levanta o copo para brindar. Todos brindam.

O AVÔ: Vamos ver como a bolsa vai reagir, mas estou otimista. Atenção, hem? Gestão ir-re-pre-en-sí-vel! Otimização máxima da rentabilidade!

THÉO (*sentado à mesa, volta-se para o público*): Eles estão bem, não? (*Um tempo. Ele insiste:*) Recolher uma menina encontrada numa lixeira não é nada mal, apesar de tudo!

APÉMANTA (*fechando o livro e voltando-se, ela também, para o público. Aponta para Théo*): Como vocês sabem, Théo é totalmente sincero! Nunca consegui fazê-lo compreender que eu era somente a proporção da caridade. Insignificâncias, três vezes nada, nadica de nada, investimento mínimo da família no conceito de reputação.

THÉO: Você é do tipo que nunca está contente!

APÉMANTA: Não é culpa minha, é que leio muito.

THÉO: Seria melhor você ler menos e ser um pouco mais agradecida.

O AVÔ (*dando um tapa em Théo*): Não se fala à mesa!

O pai, pondo um dedo sobre os lábios, faz gentilmente um sinal a Théo para que se cale.

A refeição continua, muda, sem um barulho de talheres. No entanto, todos os adultos continuam a falar com o maior entusiasmo, mas não se ouve som algum.

TRANSIÇÃO

A mesa desapareceu em silêncio, a toalha de mesa se torna um lençol, Théo e Apémanta estão deitados, o pai está sentado ao lado deles. Ele canta baixinho "O cavalinho" de Brassens sob a luz de uma lamparina.

8

A mina

Juventude do avô

O AVÔ: Era um cavalinho branco
Que tinha pois coragem
Era um cavalinho branco
Todos atrás todos atrás
Era branco e galopante
Todos atrás e ele adiante.

(*Um tempo.*) Quando tinha a idade de vocês, eu não ia à escola. Quando tinha a idade de vocês, eu descia ao buraco. (*O negrume faz progressivamente sua aparição à medida que se ouve o barulho férreo de um elevador de mina. Pancada de chegada.*) Como meu pai (*uma pequena luz se acende na escuridão absoluta*) e, antes dele, o pai de meu pai (*outra luzinha*), e todos os amiguinhos de minha idade. (*Outras luzes se acendem. Percebem-se capacetes de mineradores. Barulhos de picareta, sons de vozes, o som de uma vagoneta sobre trilhos, a mina em pleno trabalho.*)

Vozes que dão ordens: Josip, passe-me o... (*Som metálico.*) Quer o de 15 ou o de 20? (*Novo barulho.*) Agora vai! *O começo de uma anedota:* Você a conhece, a do sujeito que... (*Abafado pelo barulho de carvão despejado numa vagoneta.*) *Um grito:* Vlatko está sendo chamado na três!

Os sons da mina desaparecem. Ouve-se novamente a voz do avô a narrar.

VOZ DO AVÔ: Meu pai morreu, abarrotado de carvão até as narinas. (*Uma luz imóvel pisca e se apaga.*) E meus companheiros, um após outro. (*Outras luzes se imobilizam, piscam e se apagam.*) Meu único consolo era o meu cavalinho branco. Enfim... não tão pequeno assim! Meia tonelada de percherão! Era preciso ser forçudo para empurrar as vagonetas. Cego, evidentemente. Eram cegados antes de descer ao poço. Mas branco, isto sim! Como o da canção.

Explosão de grisu. Sons de desabamento. Breve aparição de uma cabeça de cavalo relinchando. Negrume, últimos barulhos de pedras que caem. Silêncio absoluto.

VOZ DO AVÔ (*na escuridão*): Mas isso, isso, não pude suportar a morte do cavalo branco; não a suportei. Jurei que nunca mais desceria ao buraco. Nunca mais na escuridão! Nunca mais na sujeira!
Agora, a luz!
O limpo!
O branco!

TRANSIÇÃO

O avô reaparece de terno branco.
Já não está na cabeceira das crianças. Está de pé, em cima de um túmulo rodeado por toda a família enlutada.

9

Enterro da avó

TODOS

O PADRE (*entoa um canto que todos retomam em cânon*):

> Dumane mi ne muntagnu
> Facciu un felice viaghju.

> E mi lasciu la mi'amica
> In piazza à lu Cateraghju.

> M'ha prumessu di culà ne
> Versu lu vinti di maghju.[4]

---

[4] Amanhã eu parto para a montanha / Farei uma feliz viagem. // Mas deixo a minha amada / Na praça de Cateraghju. // Ela me prometeu que irá até lá em cima / Por volta do dia vinte do mês de maio.

Théo, Apémanta, seus pais, o padrinho se recolhem sobre o túmulo, cada um com uma rosa na mão. A mãe está vestida de preto, da cabeça aos pés. O avô, em pé ao lado dela, todo ereto em seu terno branco.

THÉO (*de costas para o público, ao ouvido de Apémanta*): Ele a amou por toda a vida! Um amor... extraordinário!

APÉMANTA (*de costas para o público, ao ouvido de Théo*): É verdade! Ele a abraçou de tal maneira, que ela morreu de silicose.

THÉO (*ao mesmo tempo horrorizado e rindo*): Você é nojenta!

Ele lhe dá uma cotovelada. Apémanta devolve-a. Tapa da mãe na cabeça de Théo. Eles param.

O AVÔ (*lançando sua rosa na cova*): Que ela descanse em paz! Era uma boa esposa. (*Um tempo.*) Mas a mim não levarão para o buraco.

A MÃE (*lançando sua rosa na cova*): Você quer ser cremado, papai?

O AVÔ (*um olhar severo em direção a sua filha*): Você me tem por um pedaço de carvão?

O PAI (*lançando sua rosa no fosso*): Que tal criogenizado?

O AVÔ: Cri o quê?

APÉMANTA (*traduzindo*): Criogenizado, papai... Conservado no frio até tempos melhores!

O AVÔ (*fuzilando o genro com o olhar*): Congelado? Você quer me colocar em seu uísque?

Enquanto a família deixa o cemitério, Théo e Apémanta se dirigem ao público.

APÉMANTA: Nem enterrado como a avó, nem incinerado como Joana d'Arc, nem mumificado como Tutancâmon, nem lançado ao mar como um marinheiro... Nem criogenizado como um idiota otimista... Isso vai apresentar à família um problema apaixonante!

THÉO: E você verá: o padrinho é que encontrará a solução!

TRANSIÇÃO

Enquanto Apémanta e Théo se dirigem ao público, a procissão da família volta a ganhar o fundo do palco, onde se transforma em linha de produção de plástico que o padrinho cronometra olhando o relógio de pulso.

Uma música de Natal, bastante tênue de início, vai elevando-se progressivamente.

10

A linha

TODOS NO FUNDO DO PALCO,
THÉO NO CENTRO

A mãe, toda vestida de preto, torna-se uma bobina que gira sobre si mesma, soltando plástico até não acabar mais. Os outros atores se metamorfoseiam em pivôs sobre os quais este plástico se desenrola. De preto o plástico se torna colorido, depois se transforma em papel com que se embalam presentes de Natal. Apémanta é agora um grampeador que fecha as embalagens dos presentes. Os pacotes são colocados num carrinho de mão que os espalha ao pé da árvore de Natal que Théo está decorando.

A cena inteira se desenrola ao som de uma música de Natal que se amplifica até tornar-se tonitruante.

"*Nasceu o divino menino,*
Toquem o oboé, façam ressoar as gaitas de foles..."

11

Natal

O desfile dos presentes

Théo e Apémanta fazem uma apresentação de presentes. Percebe-se, na natureza dos presentes, que os anos passam. Presentes de crianças, de adolescentes e, por fim, de jovens adultos.

THÉO (*decorando a árvore de Natal*): Até a morte do vovô, os presentes deixavam a desejar. Ele, o avô, olhava no quarto de guardados. Mas depois... depois, com papai e o padrinho, foi uma festa! (*Ele sai.*)

Apémanta atravessa o palco num patinete.

APÉMANTA: Um patinete folheado a ouro! Obrigada, papai! Obrigada, padrinho!

O PAI e O PADRINHO (*no fundo do palco, aplaudindo*): Feliz Natal, Apémanta!

Apémanta sai depois de ter pegado um presente ao pé da árvore de Natal. Em seguida, a embalagem e o papel enrugado são lançados sobre o palco do lugar por onde ela saiu. A mãe corre e enfia as embalagens (papelão, poliestireno etc.) num grande saco de lixo. Depois, dobra cuidadosamente o papel de presente.

Fantasiado de Batman, Théo atravessa o palco de uma ponta a outra.

THÉO: Batman, Batman, eu sou Batman! Obrigado, papai! Obrigado, padrinho!

O PAI e O PADRINHO (*aplaudindo*): Feliz Natal, Théo!

Théo sai tomando dois embrulhos de presente ao pé da árvore. Mesmo desenrolar. Embalagens e papéis enrugados são jogados no palco do lugar por onde ele saiu. A mãe corre para eliminá-los.

A MÃE (*resmunga ao dobrar os papéis*): E nunca um obrigado para a mamãe?

Apémanta reaparece. Atravessa o palco com um andar sonâmbulo, lendo um livro enorme. Little Nemo, *de Winsor McCay.*
Silêncio.
A mãe, o pai e o padrinho observam-na passar, sem se mexer. Imersa em sua leitura, Apémanta sai sem pegar presente algum ao pé da árvore.

THÉO (*atravessando o palco de esqui*): Viva! Os Wondersnow! Há muito tempo que sonho com isto! Obrigado, papai! Obrigado, padrinho!

O PAI e O PADRINHO (*aplaudindo*): Feliz Natal, Théo!

Théo sai pela direita, carregando dois embrulhos. Embalagens atiradas no palco. Mesma ação da mãe.

Apémanta aparece dançando com um vestido brilhante. Gira em torno da mãe, que ela tenta, em vão, fazer dançar.

APÉMANTA: Obrigada, papai! Obrigada, padrinho!

O PAI e O PADRINHO (*aplaudindo*): Feliz Natal, Apémanta!

Ela sai carregando dois embrulhos.
Já não há embrulhos ao pé da árvore.
A mãe recolhe as últimas embalagens e também sai.
Théo aparece com uniforme de aluno da Escola Politécnica.

O PAI e O PADRINHO (*aplaudindo*): Feliz Natal, Théo!

THÉO (*transbordando de alegria*): Oh! Obrigado, papai! Obrigado, padrinho! Meus amigos vão morrer de inveja! O mesmo uniforme, exatamente, mas toquem este tecido! (*Ele oferece a manga para que seja tocada.*)

Aparece Apémanta, num tailleur de executiva.
O pai aplaude, esboça um "Feliz Na...", mas o padrinho (que estava consultando o relógio de pulso) se levanta de um salto, louco de admiração diante dessa mulher inesperada. Ele se dá conta desta compulsão e se senta ao lado do pai, que o olha sem compreender.

O PAI e O PADRINHO (*aplaudindo*): Feliz Natal, Apémanta!

APÉMANTA (*tocando o tecido do uniforme*): Graças a você, Théo, a Escola Politécnica é finalmente desejável! Repita depois de mim (*ela cantarola, suavemente irônica*): Obrigado, papai! Obrigado, padrinho!

THÉO (*cantarolando*): Obrigado, papai! Obrigado, padrinho!...

THÉO e APÉMANTA (*cantando*):

Obrigado, papai
Obrigado, padrinho
Obrigado, amor
Obrigado, Natal

O pai, a mãe e o padrinho se unem a eles. Eles cantam em coro:

Obrigado, papai
Obrigado, padrinho
Obrigado, amor
Obrigado, Natal

TRANSIÇÃO

Enquanto o coro cantava, viu-se entrar no palco um prefeito com sua echarpe tricolor, sua secretária, bastante constrangida, e um funcionário municipal completamente esgotado. O funcionário municipal observa a árvore de Natal.

Inicialmente cansado, ele a coloca nas costas e sai titubeante do palco. O prefeito interrompe os cantores.

12

O lixo municipal

O PAI, O PADRINHO, A SECRETÁRIA, O PREFEITO

O PREFEITO (*fala em inglês ao longo de toda a cena*): No, no, no, I don't thank this fucking Christmas! No, no, no! certainly not!

A SECRETÁRIA (*traduzindo*): Ele não gosta de Natal.

O PAI (*amavelmente*): E por que não, senhor prefeito?

O PREFEITO (*em inglês*): Porque a porra dessa festa multiplica por cem o lixo da porra da minha cidade! Não sabemos mais onde colocá-lo! Os funcionários municipais estão acabados. Quando não estão completamente atolados! Isso não pode continuar!

A SECRETÁRIA (*traduzindo*): O lixo. Está por toda a parte!

O pai e o padrinho se entreolham. Percebe-se que se compreendem em silêncio.

O PAI (*sempre muito amável*): Sem problemas, senhor prefeito. Podemos livrar a cidade de todo o seu lixo!

O PREFEITO (*em alta voz, e ainda em inglês*): E pode fazer o favor de explicar como?

A SECRETÁRIA (*ela também em inglês. Ela se esquece de traduzir*): E pode fazer o favor de explicar como?

O PADRINHO: Nada mais fácil. Vamos embalá-lo e enterrá-lo em outro lugar. A cidade ficará brilhando. Rápido e fácil, e ainda pode trazer lucro!

O PAI (*sorriso cativante*): Uma pequena demonstração?

O PREFEITO (*não muito convencido*): Por que não?

A SECRETÁRIA (*traduzindo*): Ele não é contra o princípio de uma demonstração, mas deseja que sejam rápidos em sua exposição. Seu tempo é contado, e sua função de prefeito, a qual cumpre perfeitamente, é uma grande devoradora de tempo.

O PADRINHO (*consultando o relógio de pulso*): Não demorará muito.

O PAI (*entusiasmado*): Por aqui, por favor.

O pai e o padrinho atraem o prefeito e a secretária para o fundo do palco. O pai pendura minúsculos sacos de lixo pretos no varal. Durante este tempo, o padrinho tira a corda, que se desenrola. Os pequenos sacos de lixo desaparecem nos bastidores, e, alguns instantes depois, aparecem cédulas numa corda que volta. As notas se detêm diante do pequeno grupo. O pai pega uma nota e a apresenta ao prefeito. O prefeito examina a nota.

O PAI: E então?

O PREFEITO: Ah, sim! (*Embolsa a nota.*)

O PAI: Missão cumprida? (*Dá a mão ao prefeito.*)

O PREFEITO (*apertando a mão calorosamente. Em francês*): Sem sombra de dúvida!

O PADRINHO (*brandindo uma garrafa de champanhe e quatro taças*): E agora, champanhe!

O PAI (*enquanto o padrinho abre a garrafa*): Diga-me, senhor prefeito, mera curiosidade. Por que o senhor fala em inglês?

O PREFEITO (*em francês*): É mais limpo.

A rolha salta.

TRANSIÇÃO

Champanhe! Barulho de espuma que se torna, cada vez mais, o de um chuveiro. O fundo do palco se esvai. Théo aparece, sentado em uma cadeira de escritório e trabalhando em seu computador, enquanto se escuta o barulho da ducha.

13

Théo e Apémanta

Origens de nossa fortuna

THÉO (*levantando a cabeça do computador, dirige-se a Apémanta, que toma banho num chuveiro nos bastidores*): Eu me pergunto uma coisa.

APÉMANTA (*nos bastidores*): O quê? Não estou ouvindo!

THÉO (*mais alto*): Eu me perguntava... Se um historiador se debruçasse sobre a origem de nossa fortuna, onde ele a situaria no tempo? O verdadeiro começo... o princípio dinâmico... Quando o vovô saiu da mina? Quando fez a caixa de sabão? Quando o papai e o padrinho se encontraram? Quando passaram da caixa à embalagem? Da embalagem dos presentes à dos detritos? Do lixo urbano ao internacional? Onde situar no tempo a origem de uma fortuna familiar que deve tudo ao amor à limpeza?

Apémanta entra em cena, nua sob o chuveiro. O padrinho aparece, por sua vez, mas permanece no limiar da cena, louco de desejo. Théo não o vê.

APÉMANTA: É mesmo muito curioso que, diplomado como você é, nunca se faça perguntas *certas*.

THÉO (*irônico*): E qual é a pergunta certa?

APÉMANTA: A única questão é: para onde vai a sujeira, quando me lavo?

Apémanta, sob o chuveiro, atravessa o palco. O padrinho não consegue conter-se e a segue dois ou três passos, mas a pergunta de Théo o detém.

THÉO (*a Apémanta, antes que ela saia*): Tenho outra pergunta certa. Quem é aquele advogado imbecil que anda cortejando-a?

APÉMANTA (*sem parar*): Ninguém mais ninguém menos que o futuro número um dos Direitos do Homem.

TRANSIÇÃO

Théo, arrasado, vê Apémanta sair. O pai, por sua vez, atravessa o cômodo, uma mala e uma pasta na mão, seguido por sua mulher, que lhe coloca uma echarpe em volta do pescoço, e pelo padrinho, também ele com uma mala e com uma pasta.

14

No início

Viagem ecológica

THÉO, O PAI, A MÃE, O PADRINHO

THÉO: Aonde vocês vão?

O PAI (*alegremente*): Limpar o planeta, meu filho!

A MÃE (*orgulhosamente, a Théo*): No momento, o mundo é seu jardim!

O PADRINHO (*inclinando-se sobre Théo*): Toronto. O congresso sobre energias renováveis.

THÉO: Ah! Sim, é verdade.

O PADRINHO (*dando tapinhas em seu relógio de pulso*): Nunca devemos estar atrasados na História!

THÉO (*à mãe*): Você não vai com eles?

A MÃE: Não, eu vou ficar com vocês. (*Alegre:*) Vou preparar uma comidinha rápida!

TRANSIÇÃO

Théo volta a inclinar-se sobre seu computador enquanto a luz se abaixa. Não se vê nada além de seu rosto iluminado pela tela, e depois é a escuridão total. É nela que ressoa um aviso de aterrissagem.

AVISO: Bem-vindos a Hong Kong. A Air France os ama muito.

15

Aeroporto de Hong Kong

O processo ganho antecipadamente

O PAI E O PADRINHO

O fundo do palco se ilumina de uma luz branca. Estamos nos banheiros VIPs do aeroporto de Hong Kong. O padrinho e o pai usam o banheiro com acessórios descartáveis após o uso. Enquanto se arrumam, falam em breves palavras acerca de um processo que está em curso.

O PAI (*urinando*): A que horas é a audiência?

O PADRINHO (*urinando*): Às onze.

O PAI (*lavando as mãos*): E então?

O PADRINHO (*lavando as mãos*): A acusação de poluição não se sustenta.

Eles passam uma luva de toalete no torso e a jogam numa lixeira.

O PAI: Quanto isso me custou?

Escovam os dentes e jogam a escova e a pasta de dentes na lixeira.

O PADRINHO: Um preço razoável.

Penteiam-se.

O PADRINHO: ... dadas as circunstâncias.

Jogam fora o pente.

O PAI: E os moradores?

Começam a dar o nó na gravata.

O PADRINHO: Retiraram a queixa.

O pai lustra os sapatos.

O PADRINHO (*idem*): Não, não se preocupe de modo algum: uma formalidade.

O PAI (*jogando a escova e o pano na lixeira*): Formalidade cara...

O PADRINHO (*sorriso e tom marotos*): Sim, mas depois... um pouco de diversão!

TRANSIÇÃO

A mesma que a precedente. Negrume. Aviso de aterrissagem.

AVISO: Bem-vindos a Bangcoc. A Air France os adora literalmente.

16

Sala de massagem

Do divórcio como fator de crescimento

O PAI, O PADRINHO, DUAS MASSAGISTAS

O negrume se dissipa em benefício de uma luz sensual em que plana uma música distante de ondulações asiáticas. O padrinho e o pai estão numa sala de massagem. Um e outro são massageados por uma mulher.

O PAI (*enquanto é massageado*): Esta progressão do divórcio, em todo caso, é um verdadeiro desastre para os negócios.

O PADRINHO (*enquanto é massageado*): Não concordo. Do ponto de vista dos negócios, é uma coisa excelente.

O PAI: Poder de compra dividido por dois!

O PADRINHO: Sim, mas presentes para crianças multiplicados por oito.

O PAI: Por que por oito?

Durante toda a conversa, massagistas e massageados encontram-se em posições cada vez mais inverossímeis.

O PADRINHO: O pai e a mãe biológicos: dois presentes. (*Ele levanta dois dedos.*) Um novo pai ou uma nova mãe dos dois lados: mais dois presentes. (*Levanta quatro dedos.*) Quatro! Um novo avô e uma nova avó. Dos dois lados! (*Levanta oito dedos.*) Oito presentes. Acrescentem-se os irmãos do novo pai e da nova mãe... Todo o mundo entra nessa quando se trata de agradar à criançada!

O PAI: Sim, mas presentes miseráveis...

O PADRINHO: Melhor ainda! Quanto mais pobre é o presente, mais exige embalagem de plástico. Moldada, como você vê (*Gesto.*) Mais sólida que o próprio brinquedo. A meninada leva uma hora para abrir a embalagem; dá trabalho. Não, acredite em mim, para a embalagem, a família recomposta é O vetor de crescimento...

O PAI: Você está certo. Vou ligar para o marketing. Precisamos de um foco grupo de clientes lá em cima.

O PADRINHO (*consultando o relógio de pulso*): E, por falar em telefone, já ligou para os pequenos?

Por gesto, o pai pergunta "por quê?".

O PADRINHO: Ora, é Natal!

O PAI: Merda, esqueci completamente!

O pai disca um número.

TRANSIÇÃO

Toque de telefone. O pai desaparece, e Théo aparece no fundo do palco, diante de um espelho. Está vestindo um smoking e tenta ajeitar a gravata-borboleta. Entre dois toques de telefone, o pai aparece. O pai, Théo, o pai, Théo. Finalmente, Théo, exasperado, atende. O pai desaparece. Vê-se somente Théo ao telefone.

17

Preservativo e cartas de amor

Idealismo e realismo

THÉO, APÉMANTA

Théo ao telefone, em pé diante do espelho, trajando smoking, a gravata-borboleta ainda não está ajeitada.

THÉO: Ah! Papai! Sim! Feliz Natal para você também! Onde você está?

Ele escuta aprovando com a cabeça.

THÉO (*admirado*): Ah! Muito bem! Está certo, diga lá!... O padrinho está com você? Sim... (*Aparece Apémanta, num tubinho. Enquanto Théo fala ao telefone, ela lhe arruma a gravata-borboleta.*) Sim... Um beijo... (*Apémanta faz um sinal de que ela também lhes manda um beijo.*) Apémanta também lhe manda um beijo... Nós? Vamos passar o Natal na casa de... sim, sim... (*Apémanta fica de costas para ele. Théo sobe o zíper de seu vestido.*) Nós dois lhe mandamos um beijo, papai. Feliz Natal!... OK, OK, eu direi a ela... (*Ele desliga. A Apémanta:*) O padrinho manda um beijo. Estão no Vaticano. Bênção papal.

Apémanta o olha como se não acreditasse no que ouvia.

APÉMANTA: Como é que é? No Vaticano? (*Tranquilamente:*) Théo, Théo... Repita comigo: papai e o padrinho estão provavelmente num bordel tailandês comemorando o Natal numa mesa de massagem. E se o papa os abençoa, é porque está junto com eles.

THÉO: Pareeeeeeee....

APÉMANTA (*consternada*): Mas isso não é possível, você nasceu numa camisinha! Até você foi embalado! Você vê mal as coisas, Théo.

THÉO (*rindo*): Nascido numa camisinha?

APÉMANTA (*séria*): Não é tão raro assim. O nome científico é dermatoplastose.

THÉO (*perturbado*): Espero que esteja brincando!

APÉMANTA (*arremedando o que ela diz*): De jeito algum. Um homem e uma mulher fazem amor. Um acontecimento aterrorizante acontece no clímax do coito: a explosão de uma caldeira no quarto vizinho, por exemplo. E fiuuu, retorno imediato do pênis ao estado de flacidez, propulsão da camisinha *in utero* por "ejaculação paradoxal" – este é o termo científico –, fecundação e, *in fine*, nascimento de uma criança *no* preservativo. Embalada. Preservada para a vida.

THÉO (*tentando guardar as boas maneiras*): De onde é que você tirou isso?

APÉMANTA (*citando o livro*): *Fisiologia do coito*, professor Plankett, Éditions Mac Lehose, 1978, revista em outubro de 2006.

Silêncio.

THÉO (*voz monótona*): E, no meu caso, qual seria o fato aterrorizante?

APÉMANTA (*surpresa*): Que fato aterrorizante?

THÉO (*voz monótona*): No momento de minha concepção.

APÉMANTA: Ah! Bem, sei lá, o vovô surpreende o papai e a mamãe em pleno... (*Théo se cala. Apémanta fica um pouco embaraçada.*) ... O vovô era impressionante, ele...

THÉO (*cortando-a. Seco*): E o que você espera que eu conclua?

APÉMANTA (*repentinamente preocupada*): Nada, Théo, é...

THÉO (*cortando-a*) : Que a dermatoplastose me separa do mundo real? É isso? Uma tênue película de látex entre a realidade e mim? Um preservado... idealista?

APÉMANTA (*cada vez mais consternada, ela ajeita a gravata-borboleta de Théo*): Pare, Théo, vamos chegar atrasados, vamos...

THÉO (*empurrando-a*): Precisamos ser realistas, não? Em todas as áreas! Na família, nos negócios, na política, no amor... (*Ele sorri para ela.*) É isso?

APÉMANTA: É melhor, sim...

THÉO (*ele a interrompe levantando a mão*): OK! OK! OK! (*De repente, ele lhe toma o celular.*) Uma pequena aula de realismo amoroso. (*Para o público:*) A última mensagem "de amor", digo bem "de amor", recebida por minha irmã Apémanta e proveniente de um tal... Como é mesmo que aquele sujeito se chama?... (*Ele consulta o telefone.*) Ah! Sim! Axel Viandard de Lhermitière, recém-nomeado para o contencioso africano do Fundo Monetário Internacional. (*Ele lê:*) "Apémanta, minha querida". (*A Apémanta, soletrando a palavra:*) Q.U.E.R.I.D.A. Eu, o idealista, lhe haveria escrito Apémanta minha carne, C.A.R.N.E.[5] (*Ele lê:*) "Há seis meses você e eu tivemos uma relação amorosa que me proporciona toda a satisfação."

APÉMANTA (*furiosa*): Dê-me isso aqui!

THÉO (*lendo*): "Sabemos associar perfeitamente as nossas competências, e eu aprecio no mais alto grau a sua capacidade de analisar crescentemente meus eixos de melhoramento."

---

[5] O autor joga com a homofonia entre as palavras francesas *chère* (querida) e *chair* (carne). [N. do T.]

APÉMANTA: Dê-me isso aqui!

Ela tenta agarrar o celular, mas Théo se vira e continua a ler.

THÉO (*lendo*): "Para dizer a verdade, nossa relação é da ordem da fusão-aquisição..."

APÉMANTA (*à beira das lágrimas*): Dê-me!

THÉO (*lendo*): "E desejo que isso que agora podemos chamar de nosso amor se torne titular de nosso patrimônio genético..."

Apémanta se lança sobre Théo. Ambos desaparecem rolando no chão.

18

Tentativa de conciliação

O PAI, O PADRINHO, DOIS OUTROS
INDUSTRIAIS E A CONCILIADORA

Uma mesa e quatro cadeiras, duas de cada lado da mesa. A conciliadora entra no palco. Um tailleur sóbrio, penteado rígido.

Ela carrega um dossiê, que deixa cair sobre a mesa, e cujas folhas se espalham.

A saia se rasga quando ela se abaixa para juntar as folhas.
Ela fecha o rasgão enfiando-lhe o broche que trazia no paletó.
Não consegue recompor o dossiê na ordem e recoloca as folhas de qualquer jeito em sua pasta.
Constata que a meia-calça desfiou, tenta diminuir o problema com saliva, não consegue, xinga, coça o traseiro, recompõe-se e põe-se de pé atrás da mesa, adotando agora uma atitude impecavelmente profissional.
Do lado direito da cena, entram um industrial russo e um anglo-saxão. Do lado esquerdo, entram o pai e o padrinho.

O PAI (*ao russo, calorosamente*): Olá, Dimitri!

Ele lhe estende uma mão que o outro ignora. Ambos se sentam de um lado e de outro da mesa.

O PADRINHO (*jovial*): Olá, Peter, como vai? Como vai desde a última vez?

O ANGLO-SAXÃO (*sorriso amável*): Vá à merda, Juan.

Ele se senta ao lado do russo.
O padrinho, também com um sorriso amável, aponta discretamente para o anglo-saxão. Senta-se ao lado do pai.

A CONCILIADORA (*imperturbável*): Bem-vindos, senhores. Lembro a vocês que não se trata aqui de uma sessão de conciliação. Não fui encarregada por meu governo de decidir o que quer que fosse. (*Em tom de con-*

fidência:) Aliás, sou incapaz de tomar qualquer decisão, por menor que seja, por minha própria conta; portanto, não pensem que eu... hem? (*Os quatro homens a escutam sem protestar. Ela percebe que fugiu do assunto e retoma-o.*) Bem, o litígio que opõe um ao outro é com relação à compra (*folheia o dossiê*) de uma faixa litorânea de... trezentos e cinquenta mil... na costa de... (*folheia*)...

O ANGLO-SAXÃO (*calmamente*): Não há litígio algum. É a minha empresa que a compra e ponto final.

A CONCILIADORA: Com que finalidade, se posso permitir-me perguntar? (*O anglo-saxão não responde.*) Quero dizer: para fazer o quê com ela? (*A conciliadora fica um pouco impaciente.*) Hem?

O PAI (*sorrindo*): Uma bela centralzinha nuclear. Não é mesmo, Peter?

A CONCILIADORA (*mergulhando no dossiê*): Ah! Sim, este detalhe me diz algo, sim...

O RUSSO (*intervenção brutal*): Não, é um condomínio de férias o que queremos implantar lá!

O PADRINHO (*irônico*): Numa costa destruída por seis tsunamis em trinta e cinco anos... ótima ideia!

A CONCILIADORA (*procurando em seu dossiê*): Seis tsunamis... eu antes diria sete...

O ANGLO-SAXÃO (*irônico*): E você, Yorgos, em matéria de planejamento deste litoral, diga, por favor, qual é a sua proposta?

O PAI (*sorrindo*): Nenhuma. Nada. Vamos deixar como está.

O RUSSO (*pasmo*): Comprar para não fazer nada?

O PADRINHO: Sim, preservação da costa é a nossa política. Compramos uma paisagem como outros comprariam um quadro. Para que fique como está: uma obra-prima da natureza.

O RUSSO (*explodindo*): Está zombando de mim?

A CONCILIADORA (*ao russo*): Peço-lhes que...

O ANGLO-SAXÃO (*ele também ficando nervoso*): Por que não diz a verdade? Está comprando esta costa para vender aquela sua merda como, aliás, fez em todos os lugares!

A CONCILIADORA: Senhor...

O PADRINHO (*explodindo*): Nossa merda? *La nuestra mierda?* Você vem nos dizer isso? A nós? Você? Você!

O PAI (*explodindo – é a primeiríssima vez que vemos encolerizado este homem sorridente. É aterrorizante*): Depois de ter mandado para os ares um quarto da Ucrânia e metade do Japão! (*Prossegue em grego:*) Não sei o que é que me impede de mandar você tomar no cu, bem fundo, seu estúpido imundo!

O ANGLO-SAXÃO (*fora de si, em inglês*): Ah é? Venha, venha, seu filho de uma puta, venha, que eu capo você!

A CONCILIADORA (*elevando a voz também*): Conciliação, senhores, con-ci-li-a-ção!

O RUSSO (*explodindo diretamente em russo. Não se compreende nada do que diz, salvo, muitas vezes, a palavra*): Kalashnikov! Kalashnikov! (*Com o gesto de sulfatagem que a acompanha.*)

Os quatro gritam ao mesmo tempo; mas agora cada um em sua própria língua. Estão de pé, alçados uns contra os outros.

A CONCILIADORA (*gritando*): Conciliação, bordel de merda! CON-CI-LI-A-ÇÃO, seus putos de machos poderosos! (*Ela continua numa língua asiática incompreensível, mas numa frequência muito aguda.*)

DUPLA TRANSIÇÃO

O nível sonoro sobe até alcançar o da Bolsa em tempos de crise, quando todos os acionistas querem comprar ou vender ao mesmo tempo.

Com as costas voltadas para o público, os cinco personagens se transformam num grupo de acionistas enfureci-

dos. Um grande painel translúcido desliza, então, entre eles e o público. Já não se veem senão como sombras chinesas.

Suas vociferações se convertem num rock selvagem, ao ritmo de uma música tonitruante. Suas sombras são agora as de dançarinos agitados numa casa noturna. A intensidade da música baixa pouco a pouco, e as sombras se esfumam.

Aparecem Théo e Apémanta de jeans, tênis e minissaia.

19

Ritual iniciático dos VIPs

THÉO, APÉMANTA, DOIS LEÕES DE CHÁCARA

Apémanta e Théo se apresentam na porta da casa noturna. A música, distante, indica que se dança lá dentro.

O LEÃO DE CHÁCARA (*barrando-lhes a entrada*): Senhor, senhora?...

THÉO (*como uma evidência*): Deixe-nos passar, somos os filhos...

A porta se abre e volta a fechar-se sobre outro leão de chácara que carrega uma pequena maleta. O breve fragor da música nos impede de ouvir o nome pronunciado.

O LEÃO DE CHÁCARA (*o qual ouviu o nome dado por Théo*): Um instante, por favor.

Ele consulta uma lista de pessoas autorizadas.

O LEÃO DE CHÁCARA: Lamento, o seu nome não figura na lista.

THÉO (*a Apémanta, sorrindo*): Não estamos na lista... (*Ao leão de chácara:*) Por favor, nossos amigos estão nos esperando.

O LEÃO DE CHÁCARA (*imperturbável*): Sinto muito, senhor.

THÉO (*ao leão de chácara*): Espere, estou sonhando ou você está nos mandando embora?

O LEÃO DE CHÁCARA: Não exatamente, senhor. Eu filtro as entradas; é a minha função.

APÉMANTA: Não há mesmo nada que possa ser feito?

O LEÃO DE CHÁCARA: Eu posso, talvez, propor a vocês que façam o teste.

APÉMANTA: O teste? Que teste?

THÉO: Dane-se, Apémanta. (*Ao leão de chácara:*) Deixe-nos fazer o teste!

O leão de chácara faz um sinal a seu colega, que abre a maleta e lhe passa um lenço.

O LEÃO DE CHÁCARA: Se o senhor me autoriza.

Veda os olhos de Théo. Em seguida, seu colega tira um frasco de perfume da maleta. Abre-o e passa a tampa nas narinas de Théo.

THÉO (*resposta imediata*): Clive Christian Nº 1.

O LEÃO DE CHÁCARA: Exato, senhor.

O outro aperta um botão. Ouve-se o ronco de um motor.

THÉO (*resposta imediata*): Porsche Panamera turbo S!

O LEÃO DE CHÁCARA: Perfeito, senhor.

O outro leão de chácara faz saltar a rolha de um champanhe, enche uma taça e a dá a Théo.

THÉO (*recusando a taça*): É inútil, eu o reconheci pela rolha. Pierre-Jouët la belle époque, 1972.

O LEÃO DE CHÁCARA: Meus parabéns, senhor.

O leão de chácara faz discretamente um sinal a Apémanta para que tire os tênis. Seu colega lhe dá um par de sapatos de salto alto. Apémanta atravessa o palco fazendo ressoar o salto.

THÉO: Prada, a penúltima coleção.

APÉMANTA: Você não tem mérito algum; eu joguei os meus fora na semana passada... (*Ao leão de chácara:*) Não há nada um pouco mais...

O LEÃO DE CHÁCARA (*a Apémanta*): Não será necessário, senhorita. Senhorita, senhor, queiram por favor aceitar todas as nossas desculpas. Bem-vindos a casa.

Ele lhes abre a porta, escapa uma onda de música que se atenua quando a porta é fechada.

TRANSIÇÃO

Depois que Apémanta e Théo entram, a fachada da casa noturna se transforma numa tela em que se projeta a imagem de um litoral completamente cartão-postal. A música da casa noturna se transforma em sons de gaivotas, risos de crianças, ritmo tranquilo da ressaca, logo uma imagem de natureza perfeitamente idílica.

Durante esta projeção, um homem, de costas, avança para a tela. Por ora, vê-se somente sua sombra. O homem sobe três degraus de um pequeno pódio, olha a projeção por um instante, faz sinal de desligar e se vira.

É o pai.

Carrega uma medalha rutilante em volta do pescoço e exibe um diploma.

20

A condecoração do pai

Seu discurso, sua glória e sua morte

O PAI, UMA SECRETÁRIA

O PAI (*diante do público. Mostrando sua condecoração*): Obrigado! (*aplausos em off.*) Obrigado por esta condecoração! E por este... (*desenrola febrilmente o diploma. Os aplausos redobram.*)... Estou verdadeiramente... (*Dá o diploma à secretária, que o livra dele.*) (*Sorrindo:*) Oh, não sou modesto... Não vou diminuir os meus méritos... Vocês acabam de recompensar o campeão da limpeza universal, e sabem disso! (*Ainda sorrindo:*) Uma existência dedicada ao *clean*! Desde as minhas primeiras embalagens de sabão até a compra desta faixa litorânea (*mostra a tela*), passando por todos os produtos que embalei, todas as cidades que limpei como se dá banho a uma criança após a brincadeira, os quilômetros de costas que adquiri para devolvê-las a elas mesmas com o único objetivo de preservar o litoral, este patrimônio da humanidade... (*Exalta-se.*) Não se passou um só minuto de minha vida sem que eu tenha pensado na limpeza de nossos cinco continentes, na saúde da Terra, nossa nutriz! (*Encoleriza-se.*) E não são os rumores que meus detratores lançam que vão me desencorajar de continuar esta obra de salubridade planetária. (*Subida de um furor irrepreensível.*) Detratores a quem, aliás, posso dar nomes! Não se trata de Markievitch, cu de carvão? Não se trata de Von Trattner, coração de amianto? (*A secretária, alarmada, corre com uma caixinha de pílulas cuja tampa arranca.*) Vocês estão aí? Estão no auditório? Mostrem-se, seus sem colhões! Venham aqui um segundo, para ver! (*Continua, no auge do furor, muito ameaçador.*) Não? Não estão aí? Não vieram? Não têm mesmo colhões, não é? Neste caso, sou eu que vou procurar vocês onde quer que estejam, seus filhos de uma cadela, onde quer que se escondam, seus ratos, sou eu que vou... vou... vou...

A secretária sobe ao palco para dar-lhe as pílulas, mas uma crise cardíaca o fulmina. Com um gesto, ele faz com que a caixinha de pílulas salte das mãos da secretária e desaba com todo o seu peso.

Por dois segundos, a secretária, perfeitamente inexpressiva, olha o corpo.

Depois se ajoelha e começa a recolocar na caixa as pílulas espalhadas.

Negrume.

21

Vigília fúnebre

THÉO, O PAI, UM LEGISTA, UM ENFERMEIRO

VOZ DE THÉO (*na escuridão absoluta*): Quando penso nele, a primeira coisa que me vem à memória é este som. Você o reconhece? *Escuta-se o som de uma lâmina de barbear nos pelos que ela barbeia. Em seguida, suspensa na escuridão, aparece uma moldura de quadro dourada. Depois, na moldura, aparece o rosto do pai, coberto de creme de barbear, entre as mãos do filho, que o barbeia. Cena cheia de ternura.*

VOZ DE THÉO (*a luz se intensifica na moldura*): Ele me havia ensinado a barbeá-lo para que eu soubesse barbear-me quando chegasse a hora.

O PAI (*em off*): Passe a lâmina largamente, meu filho (*Théo o faz*), a pele do pescoço, cuidadosamente estirada, assiiiiiiiimmm. (*O pai sorri gentilmente ao filho, que o barbeia.*) Os maxilares são o ponto mais delicado; a pele corre sobre o osso (*Théo barbeia o osso maxilar com aplicação.*) O prazer é o ranger dos pelos sob a lâmina, está ouvindo? (*Ouve-se novamente o ranger da lâmina.*) E a verdadeira felicidade...

THÉO (*continuando a frase do pai*): A verdadeira felicidade seria devolver o rosto ao papai... A verdadeira felicidade seria reencontrar o rosto de antes da espuma, de antes da barba.

Ele enxuga o rosto do pai com uma toalha. Pai e filho se olham no espelho constituído pelo público. O pai dá uma piscadela para o filho.
Aparece o legista.

LEGISTA (*inicialmente, de modo doce*): Senhor...

O legista estende a mão, mas Théo parece não vê-lo nem ouvi-lo.

LEGISTA: Senhor, a navalha, por favor...

TRANSIÇÃO

Théo dá a navalha ao legista. Que sai.
  Um enfermeiro toma a moldura que ele carrega para os bastidores. Enquanto o enfermeiro leva a moldura, Théo escuta o pai em seu leito de morte e se senta ao lado dele na cama. Apémanta e a mãe entram também. Elas se sentam do outro lado da cama. Os três velam o pai. Faz-se ouvir um aparelho de rádio na luz que se abaixa.

22

A autópsia do pai

THÉO, APÉMANTA, A MÃE, O LEGISTA,
O ENFERMEIRO E AS TRÊS VOZES DO RÁDIO

Penumbra.
Théo, Apémanta e a mãe adormecidos na cabeceira do pai morto.

O RÁDIO: A notícia que segue chamando a atenção é, sem dúvida, a da morte espetacular do industrial (*aqui um barulho de fritura impede de ouvir o nome*), ocorrida em Estocolmo enquanto lhe era entregue o...

Interrupção. Mudança de estação. Passa-se por um comercial, um breve riff *de guitarra, para chegar a um debate. Um debate de especialistas de propostas moderadas, em tom cortês.*

1º DEBATEDOR: No fundo, encontramo-nos numa situação paradoxal...

2º DEBATEDOR: No mínimo, sim...

3º DEBATEDOR (*é uma voz feminina*): Pessoalmente, não vejo onde está o paradoxo. Uma grande quantidade de refugos plásticos que é jogada todos os dias em três oceanos por rios à margem dos quais o consórcio implantou o essencial de suas usinas de tratamento...

2º DEBATEDOR: Segundo a ordem expressa de governos interessados!

3º DEBATEDOR: Para os tempos atuais, nada mais barato para comprar que um governo.

1º DEBATEDOR: O que nos leva de volta à questão do paradoxo. Um homem que dedicou sua existência à limpeza é suspeito de estar na origem de uma espantosa poluição marítima...

Enquanto se escuta este debate, o legista e o enfermeiro entram em cena.
Estão com máscaras e luvas.
Fazem a autópsia do cadáver.
Théo ainda dorme.
Apémanta acorda e segue a operação sem se mover.
Com a navalha de Théo, o legista abre o pai desde o plexo até a bexiga.

1º DEBATEDOR: Não, mas o homem... este homem era incrível... Eu o encontrei duas ou três vezes...

O legista e o enfermeiro têm um sobressalto diante do conteúdo do ventre aberto.

2º DEBATEDOR: Como sabe, ele adotava aquelas crianças que vivem em montanhas de lixo...

O legista faz um sinal para o enfermeiro, que começa a "esvaziar" o pai. O enfermeiro, com luvas até os cotovelos, retira deste ventre uma quantidade fenomenal de plástico. Objetos, de início, rolhas, garrafas, diversas embalagens...

1º DEBATEDOR: E as levou aos píncaros dos estudos. Em todo caso, sua filha se formou em Harvard.

2º DEBATEDOR: E seu filho na Escola Militar. Sim, um personagem cativante, a última vez que o vi...

O legista ajuda o enfermeiro a esvaziar o pai. Agora, eles desenrolam uma fita contínua de plástico preto.

3º DEBATEDOR: Por favor, senhores, falemos sério, a questão não é essa. Estamos falando de um indivíduo em grande parte responsável por uma poluição considerável de nossos oceanos. Três milhões e meio de quilômetros quadrados! Seis vezes o tamanho da França, façam-me o favor! Um continente de plástico cuja superfície triplicou em vinte anos!

2º DEBATEDOR (*irônico, mas sempre cortês*): Ah! Lá vamos nós! O "6º Continente"... O público adora esse tipo de imagem!

1º DEBATEDOR: 6º Continente que, aliás, nada tem de continente! É antes uma sopa de embalagens imperecíveis que boiam no meio da água...

2º DEBATEDOR: O fato é que antes da invenção do plástico os detritos orgânicos eram biodegradáveis. Deve-se por isso lamentar o que a humanidade deve à embalagem em matéria de higiene? O aumento de nossa longevidade...

O enfermeiro sai (pela direita), carregando o plástico que o ventre do pai continua a produzir. Apémanta o segue com os olhos.

3º DEBATEDOR (*cortando o 2º*): A saúde da humanidade não pode desenvolver-se em detrimento de todas as outras espécies. Esta sopa de plástico sufoca os pássaros, os peixes se alimentam dela, e...

2º DEBATEDOR (*cortando o 3º*): Plástico cuja origem, novamente, gera debates! O vento é tão responsável quanto as águas fluviais...

1º DEBATEDOR (*ponta de humor*): Todos esses sacos plásticos em nossas árvores não foram colocados ali pelos grandes rios, até onde eu sei.

Apémanta se levanta.
Ela segue o enfermeiro caminhando sobre o plástico como se fosse um tapete que se desenrolasse diante dela.
Ela sai.

3º DEBATEDOR: A origem não gera debates, está perfeitamente localizada!

1º DEBATEDOR: Seja como for, senhora, senhor, nós chegamos ao fim do tempo que nos foi concedido, e...

O legista também sai (pela esquerda), empurrando a mesa de operação com rodinhas. O pai continua a esvaziar-se durante este trajeto. A mãe segue o corpo do marido.

3º DEBATEDOR (*cortando o 1º*): E, mais uma vez, eu não me pergunto "a quem" nos dirigimos, mas "pelos interesses de quem" alguns se exprimiram aqui...

2º DEBATEDOR (*cortando o 3º*): Oh! Faça-me um favor! Essa eterna lenga-lenga ideológica...

Alguém desliga o rádio.
Théo acorda com um sobressalto.

TRANSIÇÃO

Théo, acordado, está sozinho em cena.
Silêncio.
Música: começo, que mal dá para ouvir, de uma marcha fúnebre.
  A cena é atravessada por aquele rio de plástico, reluzente como o rastro de uma lesma.
  Théo se inclina, pega o plástico com os dedos. Depois de hesitar entre esquerda e direita, escolhe a direita, por onde saiu Apémanta.

Ele avança ali segurando o plástico, que ele segue como a um fio de Ariadne.
Marcha fúnebre.
Noite antes de tudo, o plástico ganha cor pouco a pouco.
Cores cintilantes.
Depois o plástico se torna branco... longa linha branca.
Música: a marcha fúnebre dá lugar aos longínquos estalidos de uma fanfarra muito animada.

23

O casamento

A FANFARRA, APÉMANTA, O PADRINHO, THÉO

Com a linha branca nas mãos, Théo alcança a fanfarra, que está em plena execução.
Quatro músicos, quatro instrumentos de sopro e duas percussões.
A fanfarra marcha de um lado para outro do tecido que Théo segura.
Théo ultrapassa a fanfarra.
A fanfarra, ainda tocando, desdobra-se no fundo do palco.
Aparece um casal de noivos: Apémanta e o padrinho.
O que Théo leva é a cauda do vestido de casamento.
Quando o percebe, solta-a, horrorizado.

Théo continua imóvel no meio do palco, a que o casal faz a volta saudando ao público ao som da fanfarra.
Um dos músicos lança um trompete para o padrinho.
Silêncio da fanfarra.
Solo de trompete do padrinho.
Que a fanfarra retoma e acompanha.
Apémanta obriga Théo a dançar.
A luz os isola.
Eles dançam. De quando em quando Théo tenta escapar. Apémanta o agarra in extremis, *e o aperta fortemente contra si. Ele escapa de novo, ela o agarra mais uma vez.*
O padrinho toca o trompete em volta deles.
De repente, Théo escapa verdadeiramente de Apémanta e se põe diante do padrinho.

THÉO (*ao padrinho*): Preciso falar com você.

O padrinho devolve o trompete ao músico.
A música se cala.
Os músicos desaparecem.
O padrinho envolve os ombros de Théo com o braço.

O PADRINHO: Estou escutando.

Apémanta observa os dois homens de longe.

THÉO (*com calma e autoridade*): Escuta o que eu escuto?
  Lê o que eu leio?

O PADRINHO: Eu escuto e leio tudo.

THÉO: Tanto melhor. Desse modo, você e eu sabemos de que falamos. Deixe-me apenas dizer-lhe imediatamente que vou mudar radicalmente as orientações estratégicas do grupo! Ponto final: a gestão pelo simples lucro. Estragar tudo por um punhado de acionistas... acabou-se! Eis o que pretendo... Escute-me bem...

O PADRINHO (*corta Théo, tomando-o nos braços*): Não. Não a mim, Théo. Diretamente ao conselho! Guarde a sua espontaneidade para o conselho, sua exposição vai conquistá-lo. (*Tomado de emoção:*) Ah! meu caro, se você soubesse como esperei este momento! Há quanto tempo! E eu não sou o único. Venha, você vai expor-lhes os seus princípios de administração. Eles o aguardam, você sabe. (*Consulta o relógio de pulso.*) Aliás, mais que isso: eles o esperam.

Saem.

Tendo ficado sozinha, Apémanta tira o vestido de noiva, que ela estende no vazio. Uma secretária surge dos bastidores e o pega. Sob o vestido, Apémanta usa seu tailleur de executiva.

TRANSIÇÃO

Cena muda.

No momento em que o padrinho e Théo desaparecem, os membros do conselho de administração e a secretária entram em cena. Com Apémanta, são cinco. Os homens vestem ternos escuros, elegantes e sóbrios.

Cada um deles cumprimenta Apémanta com deferência. Ela acolhe cada aperto de mão como um sinal de fidelidade. Ela é visivelmente a chefe. Profere algumas palavras amáveis que são aceitas com submissão e gratidão.

A voz de Théo se eleva em off.

24

Théo expulso do paraíso

THÉO, O PADRINHO, OS QUATRO MEMBROS
DO CONSELHO E A SECRETÁRIA

THÉO (*em off*): Mas a lembrança mais marcante de minha vida é de quando assumi o cargo. O filho no trono do pai. Ah! Só por isso já valeu a pena ter vivido!

Théo e o padrinho aparecem. O padrinho, que continua com os braços em torno dos ombros de Théo, solta-o e afasta-se para deixá-lo passar.

O conselho aplaude Théo.
O padrinho une seus próprios aplausos aos do conselho.
Os membros do conselho estão dispostos em fila. Théo lhes aperta a mão como se estivesse passando tropas em revista.
Durante todo este tempo, sua voz é ouvida em off.

THÉO (*em off*): A maior parte não me conhecia. Alguns me viram quando eu era menino. Outros sabiam de mim por aquilo que meu pai lhes dissera: o filho afetuoso, a oitava maravilha do mundo, o aluno brilhante da Escola Politécnica... Todos esperavam, provavelmente, um menino mimado, um filhinho de papai sem experiência alguma. Não lhes dei tempo de verificar se a hipótese estava certa. Fui direto ao assunto. Apoiado em números, coloquei diante deles a assustadora realidade de nosso grupo e lhes anunciei que ia mudá-lo radicalmente.

Seus gestos indicam claramente que lhes está expondo seu programa e que isso não se discute.

THÉO (*aos membros do conselho*): Temos as mãos sujas, eu vou lavá-las. E com muita água. Em primeiro lugar, autonomia absoluta! Vamos sair da Bolsa. Temos capital próprio e tesouraria para comprar de volta todas as nossas ações. Em segundo lugar, responsabilidade! Redefinimos o nosso papel social investindo maciçamente na pesquisa bioecológica. E perpetuamente, desta vez. Em terceiro lugar, solidariedade! Redistribuição de um terço de nossos lucros a nossos empregados. Quero motivar todo o mundo nesta empreitada comum! Não vejo outra dinâmica! Em quarto lugar...

Théo, novamente em off, começa a falar de si na terceira pessoa, como se não fosse senão um espectador entre nós. Vemo-lo continuar a explicar seu programa.

THÉO (*em off, irônico*): Este novo *boss* é maravilhoso, não? Vejam só... O olhar direto, o gesto claro, a palavra franca, sem agressividade nem condescendência, o propósito claro, nenhum grama de embalagem retórica! E a vida diante dele, com tudo isso! Vejam-no! Tão jovem, tão calmo, tão determinado, é o futuro que fala por sua boca! Verdadeiramente irrepreensível!

Durante este monólogo, o conselho de administração circunda Théo.
Volta à primeira cena. Eles giram em torno dele e, sem a menor agressividade, o despojam de todos os seus bens, que deixam cair no palco.
Finalmente, Théo se encontra nu sobre o monte de seus pertences postos no meio do palco.

25

O exílio de Théo

Natal no 6º Continente

THÉO: Resultado desta viagem: não vi nada acontecer e desembarcaram-me, pura e simplesmente. O exílio definitivo. O pobre Théo posto em sua ilhota, no coração do 6º Continente...

Ele volta a vestir-se de qualquer jeito. Calças sujas... camisa a que faltam botões...

THÉO: E depois fizeram suas próprias reformas... Eu fui o único a ser afastado...

Um trem de vagonetes entra em cena e para diante de Théo. Um vagonete descarrega certa quantidade de refugos. Entre estes, dois ou três cadáveres que rolam até ele com som de marulho. Théo chapinha neste mar de detritos.

THÉO: Lucros recordes, com certeza. Na Bolsa, alcançaram o ápice... Acionistas de bolso cheio! E encantados com o cruzeiro de Natal que a empresa lhes ofereceu este ano.

Ouve-se a sirene de um navio, e depois o ritmo distante dos contrabaixos de uma orquestra, algumas exclamações alegres, rolhas de champanhe que saltam; em suma, o barulho de uma festa que acontece num transatlântico de luxo.

Théo, de pé, em sua ilhota, vê passar o navio, cujas luzes o iluminam...

THÉO: Ah! Cruzar na noite de Natal o longo do 6º Continente! Sensação rara... (*Flash.*) Fazer uma saudaçãozinha ao último homem... (*Flash.*) Mostrar a foto às crianças quando voltarmos! Claro, se quiserem! (*Flash.*) O 6º Continente... Organizar uma exposição de fotografias itinerante, as grades de Luxemburgo, Nova York, Berlim, Moscou, Pequim, Veneza, Amsterdã! O 6º Continente, última pátria do último homem! E publicar o catálogo, em grande formato, em todas as línguas... (*Rajada de flashes.*) (*Como se recebesse um presente de Natal, Théo faz o gesto de quem abre um livro.*) Oh! O 6º Continente, obrigado, papai, obrigado, padrinho, é exatamente o que eu queria!

O navio passou.

APÉMANTA (*em off*): Théo!

26

O porquê de um casamento

THÉO, APÉMANTA

Apémanta, com vestido de noite, aproxima-se de Théo.

APÉMANTA: Théo!

Théo a detém com um dedo estendido.

THÉO: Por quê?

APÉMANTA (*surpresa*): Por que... o quê?

Silêncio.

THÉO: Por que não o advogado? Por que não o administrador? Por que não o tenista? Por que não o tenor? Por que não o celibato? Por que não o convento? Por que ele?

APÉMANTA: É preciso crer que o lixo retorna ao lixo...

THÉO: Oh, poupe-me desse tipo de insensatez, Apémanta! Já não é hora de metáforas, minha brilhante irmãzinha. Por que ele? Responda!

Apémanta lhe mostra um relógio de pulso.

APÉMANTA: Veja, é o relógio dele. É Natal. Ele lhe dá de presente.

THÉO (*pegando o relógio*): Ah! Ah! O cronômetro do êxito! (*Cantarolando:*) Obrigado, papai, obrigado, padrinho...

APÉMANTA: Foi importante para ele, vai ser para você também, foi o que ele disse.

Théo aperta o relógio contra o ouvido.
Ouve-se o tique-taque.
Ele o põe no pulso.

THÉO: Será importante para ele e para mim. Até o último segundo. Pode acreditar!

Ouve-se a sirene do grande navio.

APÉMANTA: Agora eu preciso voltar.

Théo a retém.

THÉO: Por que ele?

APÉMANTA (*sem tentar desembaraçar-se*): Solte-me.

THÉO (*ainda a retendo*): Apémanta... Por que ele?

APÉMANTA (*explodindo*): Por que ele? Por que ele? Novamente você não está fazendo a pergunta certa, Théo, meu irmãozinho idealista... meu adorável e estúpido mano preservado... meu espécime tão raro... meu sobrevivente... minha última alma! Oh, Théo!... A pergunta certa é: Por que você está vivo? A pergunta certa é: Que faz um consórcio de antropófagos quando herda um idealista que quer transformá-lo numa empresa de caridade? Quer a resposta, Théo? Está realmente interessado? Mata-o! Esmaga-o! Afaga-o como a um filhote de gato! Prega-o como a um anjo numa porta! Por que o nosso gentil padrinho o poupou, na sua opinião? Por quê, Théo? Se ele havia decidido estrangulá-lo no mesmo instante em que papai morresse? Sua vez de responder! Por que você está vivo, Théo, alma de minha alma? Por quê? (*Silêncio... Ela se solta.*) Por que o mundo é um comércio, Théo! Por que tudo se compra, se vende, se troca, se negocia! Eu negociei; isso é tudo! O bom padrinho perdeu essa. O casamento não é um negócio, e você está vivo! Você está vivo, Théo! Théo, você está vivo!

Ela o abraça estreitamente e se afasta dele.
Sai.
Sirene do navio.
Longa passagem de luzes no rosto de Théo.
Estalidos e flashes de máquinas fotográficas.

27

Turismo

Ou como fazer frutificar o caos

Théo sorri para os flashes, faz poses, dá gentilmente bom-dia com a mão.

THÉO: (*saudando*): Eles são amáveis... Amam as imagens. (*Flash.*) O imundo os maravilha. (*Flash.*) Eles filmam sua própria agonia para distrair-se com a própria morte! (*Falando em nome dos ricos passageiros enquanto acompanha o navio com os olhos:*) Nós morremos... nós? Pensem um pouco! Não morremos porque testemunhamos nossa morte! Nós matamos... nós? Não matamos porque testemunhamos o crime! Nós causamos a fome... nós? Pois bem, nós adotamos os que têm fome! Nós poluímos... nós? Se é verdade, isso é tão somente um efeito de nossa extrema limpeza.

Sem mais flashes. O navio passou por Théo, que se encontra na penumbra. No fio que atravessa o palco, aparece, superabundantemente iluminada, a panóplia perfeita do homem de negócios: terno, meias, sapatos, pasta, cartão de crédito, celular etc. Théo observa este uniforme.

THÉO (*falando consigo mesmo*): Repita comigo, Théo: a hora do realismo soou! Chegou o momento de sair de seu preservativo! Porque vieram até você, tome-os pelo que são e venda-lhes o que querem.

Ele se desfaz de seus andrajos e se veste como um homem de negócios.

THÉO (*vestindo-se*): Estão cruzando ao longo do 6º Continente? Venda-lhes o 6º Continente! Vivem somente de sensações? Venda-lhes uma sensação forte. (*Com o tom de um vendedor de feira:*) O 6º Continente, senhoras e senhores, o último ponto turístico inexplorado de nosso planeta, venham e confiram! Como?

Muito caros os nossos serviços? Únicos no mundo e destinados somente a vocês! Venham e sejam os únicos! Nossos fundos submarinos os aguardam!

TRANSIÇÃO

Théo sai. Um discurso publicitário retoma e continua as últimas palavras que ele pronunciou.

Os corpos que estão no palco se tornaram nadadores a que se unem outros nadadores submarinos que evoluem graciosamente no meio da água entre detritos de todos os tipos.

28

Reabilitação de Théo

Ou o retorno do filho pródigo

THÉO, O PADRINHO E TODO
O CONSELHO DE ADMINISTRAÇÃO

Théo, atrás do palco, aparece à direita e o padrinho à esquerda. Avançam um em direção ao outro, braços amplamente abertos. Abraçam-se apertadamente.

O PADRINHO: Eu sabia! Eu sabia! O 6º Continente como um serviço turístico de luxo, só você seria capaz de ter uma ideia tão forte, Théo! Nem seu pai teria pensado nisso!

THÉO (*sorrindo*): É graças ao estágio que você me ofereceu, padrinho!

O PADRINHO: Para o seu bem, Théo! E você soube tirar proveito do purgatório. É o sinal dos grandes! Seja bem-vindo, todo o mundo o espera!

Todo o conselho da administração entra no palco.

O CONSELHO (*todos falam ao mesmo tempo, exceto Apémanta, que escuta*): Bravo, Théo!... Ideia maravilhosa! Um êxito completo!... Otimização máxima do lixo!... Você fez do 6º Continente o nosso novo Eldorado!... Uma receita de mais de cento e cinquenta milhões a uma margem de vinte por cento, que pode ser melhor que isso?... Turismo de elite no continente de lixo, genial!... (*Risos.*) ... Théo, o homem que transforma merda em ouro! Isso, sim, é que uma verdadeira reconversão!... Você fez do 6º Continente o Graal do esnobismo! Todas as manchetes falam disto, Théo!... Você viu as fotos?... Os quarenta bangalôs sobre pilotis estão causando sensação! E os aerobarcos!... Você tem novos projetos?

THÉO (*exultante*): Sim, mas não vou falar deles com vocês; vou mostrar-lhes! (*Ele envolve os ombros do padrinho com o braço.*) Meu presente de aniversário do homem a quem devo tudo! (*Ao padrinho:*) É seu aniversário, não, padrinho?

O PADRINHO: Ao meio-dia em ponto!

THÉO: Ah! Ah! "Meio-dia exatamente!" Venham, pois! Venham todos, não podemos perder nem um minuto! Vou apresentar-lhes o seu futuro visto do alto!

Théo os leva para um jatinho particular.

THÉO (*a Apémanta, que ficou para trás*): Você também, Apémanta, venha; vamos ganhar um pouco de altura!

APÉMANTA (*seguindo-o, resignada*): Você está errado, Théo...

THÉO (*ele a beija*): Ainda é preciso estar errado até ao fim! Venha!

Eles sobem no avião.

29

O suicídio

Eles decolam e sobrevoam o 6º Continente no jatinho. Festa inaudita dentro do avião. Champanhe, risos, canções, jogos, atmosfera de deboche...

APÉMANTA (*com o rosto grudado a uma janela*): Ei! Não é o vovô quem está passando ali?

Todos olham.

THÉO: Claro que não, o vovô está muito mais alto! O padrinho o colocou em órbita! Mais uma de suas soluções geniais!

O PADRINHO (*modesto*): O apresentador, o espaço, a limpeza: eram a sua última vontade, afinal de contas!

ALGUÉM: Um funeral grandioso!

OUTRO ALGUÉM: Sim! Ainda posso ouvir a contagem regressiva.

TODOS (*menos Apémanta*): Ten, nine, eight, seven, six...

THÉO (*brandindo o relógio de pulso do padrinho. Ele grita tão alto, que todos se calam*): Five, four, three, two, one, ZEEEEEEROOOOOOOO! "MEIO-DIA EXATAMENTE!" FELIZ ANIVERSÁRIO, PADRINHO!

Ele faz o avião mergulhar em direção ao 6º Continente.
Silêncio estupefato de todos.
Terror e paralisia coletiva.
Durante a queda, ouve-se somente o tique-taque do relógio.
Antes que o avião se estatele, Théo sorri para Apémanta e, com a ponta dos dedos, faz-lhe um pequeno sinal de adeus.
Puxa uma alavanca.
Apémanta é ejetada.
O avião se estatela no 6º Continente.
Eles morrem.
Apémanta desce de paraquedas.
Negrume.

30

Conclusão de Apémanta

Gerações futuras

Apémanta no palco, o paraquedas branco como auréola em volta de um berço. Ela balança a criança, que não vemos.

APÉMANTA: Théo, Théo, repita comigo: Ninguém precisa suicidar a humanidade, ela o faz muito bem sozinha! Suicida, ela trabalha por sua própria morte todos os dias. Hipocondríaca, adia todos os dias a data de validade. Desdobra sobre o oceano uma cobertura que o sufoca, ao mesmo tempo que procura retirar esta cobertura... para morrer um pouco depois. Um pouco depois, Théo... está tudo aí... Morrer um pouco depois... Isso lhes basta! E o padrinho tinha encontrado a solução. Como se desembaraçar do 6º Continente? (*Um tempo.*) Muito simples! Pondo-o em órbita, como ao vovô!

Inclinada sobre o berço, ela se dirige ao bebê no tom acalentador de uma mãe que faz dormir.

APÉMANTA: E, quando o 6º Continente tiver subido ao céu como o vovô, a Terra verá o sol através de um grande saco de plástico. Dermatoplastose generalizada! Entendeu, meu querido?

Uma bolha, inicialmente de tamanho modesto, nasce do berço e aumenta até encher toda a extensão do palco.
Negrume.

Este livro foi impresso na Editora JPA Ltda.,
Av. Brasil, 10.600 – Rio de Janeiro – RJ,
para a Editora Rocco Ltda.